講談社文庫

# 5分後に意外な結末

ベスト・セレクション
白の巻

桃戸ハル 編・著



講談社

目次
Contents

# 5分後に意外な結末 ベスト・セレクション 白の巻

桃戸ハル 編・著

講談社

# 父の時給

残業また残業で、男が自宅に帰りつくのはいつも深夜だった。男が帰宅したときには、妻は五歳になる息子を寝かしつけながら、そのまま一緒に寝てしまっている。二人を起こさないよう、暗いリビングで、物音も立てずに妻が用意してくれた夕食を食べる。唯一の楽しみのビールを飲みながら、ボリュームをしぼったテレビを少しだけ観《み》てから、シャワーを浴びて寝る。朝は、子どもが起きる前に家を出て会社に向かう。それが、一児の父親である男の毎日だった。

もっと家族と会話をしなくてはいけないし、したいとも思っている。しかし、自分の都合で家族を起こすのは申し訳なく、また、正直なところ、その時間を睡眠にあてたいほど、男は疲れていた。

その日も、男は、いつもどおりの遅い時間に帰宅した。

しかし、家の中の様子は、いつもと違っていた。リビングのドアを開けると、パジヤマを着た息子が、ニコニコしながらそこで待っていたのである。ふだんは、週末しか会話をすることができない息子に、男は言った。

「まだ起きていたのか。ママはもう寝たんだろ。お前だけ起きてきたのか、悪い子だな。もう遅い時間だから、早くベッドに戻って寝なさい」

息子の頭をなでたあと、男はその手を引いて寝室に連れて行こうとした。

「パパ、あのね。パパに聞きたいことがあって、まってたんだ」

自分自身も疲れきっていたし、早く夕食を食べて寝てしまいたいところだ。親子の会話は大切だが、それは今でなくてもいい。なるべく早く切りあげたい。そう思いながら、男は答えた。

「なんだい?」

すると、息子は思いもよらないことを言い出した。

「パパは、会社ではたらいているでしょう? 何時間はたらいたら、どれくらいのお金がもらえるの? 一時間だったら、いくら?」

そんなことを聞いてどうする。そう思いながら男は言った。

「お前は知らなくていいことだよ。いいからもう寝なさい」

「教えてくれたら寝るから。ねぇ、教えて。いくらなの?」

男は、だんだんイライラしはじめた。お金を稼ぐことの苦労が分からない子どもに、そんなことを教えても何にもならない。

「なんだってそんなことを聞くんだ？　知ったところで、どうなるってものでもないだろう。子どもは、お金のことなんて知らなくていいんだよ」

「どうしても知りたいの！　ねぇ、一時間にいくらなの？」

息子はしつこくねばって、つないだ手をぶんぶんと振りながら、「教えて教えて」と懇願してきた。泣きそうな表情にも見える。

「どれだけもらえると思う？　お金をもらうってことは、大変なことなんだぞ。パパも頑張ってはいるけど、一時間あたりにすると、そうだな、三十ドルくらいだな」

それを聞いて、息子は「はぁ」と大きなため息をついた。

「三十ドルかぁ……」

小さくつぶやく声も聞こえた。

あきらかにがっかりした様子の息子を見て、男は思った。もっと稼いでいるとでも思ったんだろうか。おおかた、友だちと話をしていて、「誰のパパがいちばんお金をかせいでいるか？」という話題にでもなったのだろう。

小さいときからお金のことをきちんと意識するのは大事なことだろう。でも、お金をモノサシにするような考え方は賛成できない。

一時間に三十ドルのお金をもらうために、自分がどんな苦労をしているのか、今度きちんと教えてやらなくてはいけない。友だちのパパに負けたからといって、そんな落胆されては、こちらのやる気もなくなってしまう。

「もういいだろう、さっさと寝るんだ」

そう言って、追い払うように子どもを寝かしつけた。


翌日。男が深夜に帰宅したとき、またリビングに明かりが灯《とも》っていた。しかし、男の帰宅を待っていたのは、息子ではなく、妻だった。妻は思いつめたような顔で、切り出した。

「あなた、あの子のことなんだけど……。今日、お金を貸してくれって言われたの」

何か買いたいものがあるから、というわけではなく、とにかく「お金をちょうだい」の一点張りだったという。最初は言い聞かせたり、怒ったりしていた妻も、とうとう根負けして、「いつかちゃんと返すこと」を条件に、十ドルを貸したという。

しかし、妻から聞かされた驚くべき話は、それだけではなかった。

息子は、お駄賃をもらうことを条件に、近所の人の手伝いをしているのだという。

妻も、今日はじめて知ったらしい。

もちろん、もらっているのはわずかばかりの金額らしいのだが、金額の問題ではない。これではまるで、うちが子どもに不自由をさせていると、近所に言って歩いているようなものだ。

たとえ仕事に疲れていたとしても、今日ばかりはきちんと言わなければいけない。

「悪いが、あの子を起こしてきてくれないか」

そう妻に言った。

息子は、眠たそうにまぶたをこすっていたが、家族がそろったことがうれしいのか、喜んでいるようにも見えた。

「そこに座りなさい！」

しかし、男の怒気をはらんだ声に、場の空気を読み、うつむいた。

「近所の人にお金をもらっているそうじゃないか。何でそんなことをしているんだ。お前が何不自由なく暮らせるように、パパは毎日遅くまで働いているんだ。お菓子やおもちゃだって、ほしいものがあれば買ってあげている。住む家も、洋服もある。それで十分だろう」

息子は、くやしそうにくちびるをかんで、目には涙を浮かべている。悪いことをしているわけではない、という思いがあるのだろう。たしかに罪を犯したわけでも、嘘《うそ》をついたわけでもない。しかし……。

「お金を稼ぐことがどれだけ大変かを知るのは、悪いことではない。でも、お前がやっている〝仕事〟なんて、子どもの遊びなんだ。本当の仕事は、そんなに簡単なものじゃない。それにお前は、ママにお金を借りたそうじゃないか。結局、苦労をすることを放棄して、簡単にお金を手にする方法を選んだんだ。違うか？」

そこまで言って、男はやや冷静さを取り戻した。言いすぎたかもしれない。ついつい、仕事で部下を怒鳴るような感覚になってしまっていた。妻の顔を見ると、妻も、

「もういいわ」とでも言わんばかりに目くばせしてきた。

「パパが言うこと、わかるだろ？」

息子は、涙を流しながら、何度もうなずいた。その姿を見て、大人げなかったかもしれない、と反省した。

「ゴメン。ちょっと言いすぎたな。パパな、毎日いっぱい働いて、今日も長い時間働いて、ちょっとイライラしてたんだ。一時間に三十ドルをもらうのだって、けっこう大変なことなんだぞ」

息子はさらに何度もうなずいた。その表情には、やわらかさが戻ってきていた。

「だけどさ、お前は何でお金がほしかったんだ。貯《た》めたお金で、何か買いたいものでもあったのか？」

息子はその声が耳に入っていないかのように、勢いよくリビングを飛び出していった。そして、戻ってきた彼の手には、小さな貯金箱がにぎられていた。息子から渡された、その貯金箱のふたを開けると、なかからたくさんの硬貨がでてきた。この硬貨の数だけ、息子は近所のお手伝いをしていたのだろう。

息子は、さっきまでの泣き顔からは想像もできないような笑顔を浮かべて、大きな声で言った。

「パパ、ぼく、今日ママから十ドルをかりて、やっと三十ドルをためたんだよ。これで、パパの一時間を買えるよね!?　ねぇ、パパ、いっしょにあそぼ。そのお金をパパにあげるから、一時間だけいっしょにあそぼうよ」

男の手からじゃらじゃらと硬貨がこぼれ落ちた。笑顔いっぱいの息子とは対照的に、今、涙を流して泣いているのは、男のほうだった。

（原案　欧米の小咄《こばなし》　翻案　小林良介・桃戸ハル）

# ［スケッチ］蛍雪の功

ゲームで遊んでばかりいる息子に、父親が言った。

「お前は、『蛍雪の功』という言葉を知っているか？」

息子は、ゲームから目を離さず、首を振った。

「昔、中国で、灯火の油が買えないほど貧しかったから、夜、蛍の光で勉強し、出世した人のことわざだ。勉強は、それほど大事なものなんだ」

息子は、ゲームをする手を止め、父親のほうを振り向いて言った。

「お父さん、その中国の人、夜はホタルの光で勉強していたかもしれないけど、昼間は何をしていたと思う？

僕、思うんだけど、その人、昼間は、ホタルを捕まえていたんじゃないかな。その家が貧しかったのは、たぶん要領の悪さが原因だよ」

父親は、力なくがっくりとうなだれた。

# 拝啓、お母さん

お母さんへ。

手紙を書くのは、久しぶりだね。小学生のころ、母の日に書いて以来かも。「結婚」っていうキッカケがないと、なかなか手紙なんて書かないもんだね。わたしも、あのころより大人になったから、少しは賢くなったよ。手紙には、「拝啓」って最初につけるんだよね。あれ？　もう遅いのかな？　まあ、いいや。拝啓、ここからが本題です。

何から話そう。言わなきゃいけないことが多すぎて困っちゃうな。

ああ、そうだ。小さいとき、お母さんとお父さんと三人で花火大会に出かけて、わたしが迷子になったことあったよね。あのとき、本当に心細くて、迷子センターのお姉さんに名前を聞かれても、うまく答えられなくて。もう二度とおうちに帰れないかもって思ったとき、お母さんがわたしを見つけてくれた。ぜったい怒られると思ったのに、お母さんもお父さんもわたしをギュウっと抱き締めてくれて、心の底から安心したのを覚えてる。あのときからずっと、お母さんの手はわたしを助けてくれたね。熱を出してつらかったとき、おでこに手を置いて、「だいじょうぶ、だいじょうぶ」って言ってくれた。

お母さんのお手伝いをするって、張りきって包丁をにぎって、それで指を切っちゃって、たくさん血が出てびっくりして泣いちゃったときも、お母さんがすぐ手当てして頭をなでてくれたら、すぐ痛くなくなった。

そうそう。お母さんが美咲《みさき》を産んだときも、本当に嬉《うれ》しかった。弟や妹のいる友だちがうらやましくて、ずっと「わたしもほしい！」って言い続けてたんだよね。初めて見る赤ちゃんの美咲、すっごくかわいかった。今は生意気になっちゃったけど。でも、美咲が生まれてきてくれたおかげで、楽しい思い出もいっぱいできたから、それはお母さんのおかげ。

本当に、感謝しています。

それなのに、中学生になって、反抗期になって、お母さんに迷惑かけてばかりだったよね。毎朝お弁当つくってくれたのに、食べずにそのまま持って帰ったり、友だちと遅い時間まで遊んで連絡もしなかったり、いま考えたらひどいことをいっぱいしたなって思います。迷惑かけて、わがままばかりで、ごめんなさい。

あのころ、お母さんが夜中に泣いてるの知ってました。わたしが中学校に上がる前にお父さんが病気で死んじゃって、お母さん、つらかったよね。悲しかったよね。わたしが支えてあげなきゃいけなかったのに、もっと苦しめるようなことばっかりしてたよね。

お母さんの涙を見て、ああ、ひどいことしたな、泣かせるつもりじゃなかったのにって思ったんだけど……お父さんがいないとダメなのかなって、お母さんが悩んでることも知ってて、そんなことないよってずっと思ってたんだけど……でも、本音を伝えることも謝ることもできなくて……わたし、本当に子どもだった。

ごめんなさい。ちゃんと言えなかったけど、ありがとうって、ずっと思ってたよ。

わたし、お母さんにたくさん心配かけたけど、でも、わたしも同じくらい、お母さんのことが心配です。だって、お母さんはちょっと心配しすぎなとこがあるから。

わたしが結婚して家からいなくなったら、お父さんより先に泣いちゃうんじゃない？　って話したの覚えてる？　ほら、思ったとおりだった。うーん、ちょっと違うのかな？　でも、美咲がまだ家にいるから、さみしくないよね。エラそうにしてるけど、まだまだ子どもだから、お母さんがいないと何もできないんだよ、あの子。わたしにそうしてくれたみたいに、叱ったり褒めたりしてあげてね。いい子に育つと思う。少なくとも、わたしよりは。


ねぇ、お母さん。わたしは平気だよ。幸せだよ。だから、もう泣かないで。

お母さんを支えてくれる人が、近くにいるでしょ？　ナオキさん、だっけ。あのひと、すごくいい人だと思います。娘が言うんだから間違いないよ！　お母さんのことも美咲のことも、大事にしてくれると思う。もしも大事にしてくれなかったらわたしが祟《たた》ってやるから、そこは任せといて。

というのは冗談だけど、お母さんの二回目の結婚、わたしは心から大賛成です！　自分だけが幸せになっていいのかなんて悩む必要ないから。お母さんの人生は、お母さんのものなんだから。過去にとらわれる必要なんて、ないんだよ。

あの雨の日、ショッピングモールでケンカになったのは、わたしのムシの居所が悪かっただけだから。だから、飛び出してって歩道橋で足すべらせて落っこちたのも、ぜんぶ、わたしの責任なの。お母さんが自分を責めることない。おじいちゃんも、そう言ってたでしょ？　あれは、運の悪い事故だったんだって。

だけど、お母さんは優しいから、いつまでも自分を責め続けちゃう。お母さんのせいだって、自分で自分を追いつめちゃう。そんなお母さん、見てられないよ。だから、こうして手紙を書いてます。

わたしは、お母さんに幸せに暮らしていてほしい。笑っていてほしい。お母さんの幸せのジャマになるのはイヤなの。お母さんがわたしの幸せを願い続けてくれたように、わたしもお母さんの幸せを願ってるから。

苦しい思いさせて、本当にごめんなさい。すぐに元気出してっていうのは難しいかもしれないけど、でも、もう泣かないで。子どものころ、「だいじょうぶ、だいじょうぶ」ってお母さんがわたしの頭をなでながら笑ってくれたみたいに、こんどはわたしが、お母さんに同じ言葉を贈ります。

だいじょうぶだよ、お母さん。

わたしはまたすぐ、お母さんの近くに生まれていくから。

いま考えてるのはね、お母さんとナオキさんの子どもとして生まれていくの！　わたし、もういちど、お母さんの子どもになるんだよ。いいアイデアだと思わない？

あ、でもね、美咲が結婚したら美咲の子どもとして生まれていくのもいいなって思ってるんだ。つまり、わたしはお母さんの孫になるってこと。お母さんは、どっちがいいと思う？

とにかくね、こんどはずっとお母さんのそばにいる。いままで迷惑かけたぶん、たくさん泣かせちゃったぶん、しっかり親孝行するね。……あ、おばあちゃん孝行になるのかな。

だから、それまで少しバイバイするだけ。それだったら、さみしくないでしょ？

でも、お母さんのことだから、きっとこの手紙を読みながら泣いてるよね。泣くのはこれで最後にしてね。それが、わたしの最後のわがまま。お母さんが笑ってくれてるほうが、美咲も、わたしも、きっとナオキさんも嬉しいから。

それじゃあ、もっと話したいことはいっぱいあるんだけど、続きは、こんどそちらで会ったときに言います。それまで、ナオキさんと美咲と、元気でね。

笑顔のお母さんと会えるのを、楽しみにしています。

美晴《みはる》より

（作　橘つばさ）

## ［スケッチ］おばあちゃんの手紙

おばあちゃんの部屋の片付けをしていたら、机の引き出しの中から、一通の手紙がでてきた。自分が死んだ後、誰かが読むことを想定して書かれたもののように思えた。

おばあちゃんは、家族から煙たがられる存在、いや、はっきり言うと、嫌われ者だった。がんこで、わがままだし、家族に対して、嫌みや悪口も、遠慮なく言ってくるからだ。

しかし、手紙の中で、おばあちゃんは、家族への素直な気持ちを綴《つづ》っていた。本当は、家族のことが大好きでしかたないこと、自分は不器用だから、素直に気持ちを表現できないことなど。

先月、おばあちゃんは旅立った。おばあちゃんの本当の気持ちがわかると、涙があふれでてきた。

ピンポーン。チャイムが鳴る。

玄関を開けてみると、大きなカバンをもったおばあちゃんが立っていた。先月、ハワイへ旅に出て、久しぶりに帰ってきたのだ。

帰ってきて、自分の部屋に荷物を置くなり、おばあちゃん節が飛び出した。

「あんた、勝手にあたしの部屋のものをいじくり回したんじゃないだろうね⁉」

耳を疑った。旅行中、部屋と机の中を片付けておけ、と言ってきたのは、おばあちゃんだったからだ。

しかし、以前のような、おばあちゃんに対する嫌悪感はなかった。おそらく、私に机を整理させて、あの手紙を見つけてもらいたかったに違いない。そして、本当の気持ちを伝えたかったのだろう。

だって、おばあちゃんは、不器用で素直に自分の気持ちを表現できないんだから。

# 鏡よ、鏡。

その鏡は、真実だけを告げる、魔法の鏡だった。

その鏡の持ち主である美女が、朝目覚めてすぐに、魔法の鏡に話しかけた。それが彼女の日課なのだ。

「世界で一番、きれいなのは誰？」

『それは、あなた様です』

「じゃあ、世界で一番、頭がいいのは誰？」

『それは、あなた様です』

「世界で一番、心が美しいのは誰？」

『それも、あなた様です』

十年後――。

今朝も、いつもどおりのやりとりが繰り返される。

「世界で一番、きれいなのは誰？」

『それは、あなた様です』

「じゃあ、世界で一番、頭がいいのは誰？」

『それは、あなた様です』

「世界で一番、心が美しいのは誰？」

『それも、あなた様です』

十年の時が、美女の容姿を衰えさせていた。しかし、この鏡は本物の魔法の鏡。絶対に嘘は言わない。美女は、さらに魔法の鏡に問いかけた。

「世界で一番、歌が上手なのは誰？」

「世界で一番、料理が上手なのは誰？」

「世界で一番、お話が面白いのは誰？」

しかし、答えはすべて同じ。面白くも何ともない。それでも、美女はいろいろな質問をし続けた。そして、質問が尽きると、小さな声でつぶやいた。

「あなたって正直者ね。でも、それは、とても残酷なことなのよ。わかるかしら？」

その言葉に対しては、魔法の鏡は何も答えなかった。「質問」だとは認識しなかったのかもしれない。

美女は最後に、もう一つだけ質問をした。

「世界で一番、寂しいのは誰？」

『それは、あなた様です』

——私は、一日のほとんどをこの鏡と会話をして過ごす。こんなことをして何になるのだろうと思いながら、それでも、私は鏡と話をする。だって、私が話せる相手は、この鏡しかいないのだから。

十数年前、小さな戦争が引き金となり世界大戦が勃発し、地球を破壊させるほどの兵器が使われ、人類は絶滅した。たった一人、奇跡的に生き残った彼女が、毎日鏡に話しかけるのは、寂しさを紛らすためなのか、ほかに生存者がいるかを探すためなのか——それは、もう彼女自身にもわからなかった。

（作　真坂まえぞう）

## ［スケッチ］王国美女連続殺人事件

その王国では、美女ばかりが狙われる連続殺人事件が起きていた。

最も多く使われた手口が毒殺である。

相手の家に毒物入りの食べ物を届け、命を奪う。犯人は、毒物を届けるときに、変装をしていることまではわかった。しかし、犯人の顔はわからず、捜査は難航した。

その週も、王国の各地で、七十人もの若い女性が命を落とした。


王城の中——。

人目につかない地下の一室で、その王国の王妃が、一人で何かをつぶやいていた。

「鏡よ鏡。この世でいちばん美しいのは私？」

いや、正確には、王妃は、鏡に向かって会話をしていた。

「王妃様は、現在、第七百二十八位です。先週から、七十位のランクアップです」

それが本当に「魔法の鏡」だったのか、すべては王妃の妄想なのかは、今となっては、もう誰にもわからない。

# 失った財産

見わたす限り麦畑の風景が続く田舎からニューヨークへ出てきた俺は、ご多分にもれずアメリカンドリームを思い描いていた。一代で財をなし、豪邸に住み、美女と結婚し、高級車を乗り回す。才能があればそんな夢がかなうと信じていた。

しかし、そんなにうまくいくはずはない。俺はすぐに、現実の厳しさと自分の才能のなさを知った。

最初に勤めた会社は、入社してすぐに倒産した。仕事で成果を上げられずクビになったこともあった。何度か転職したが、なかなか結果がでない。今は、下町のハンバーガーショップでアルバイトをしている。貯金はたまらず、自転車を持つのがやっとで、ぼろアパートに住んでいる。もちろん、彼女もいない。

楽しみといえば、同僚のトーマスとバーで酒を飲むことくらいだ。トーマスはニューヨーク生まれだが、学歴も金もなく、やはり同じくぼろアパートに住んでいる。俺に負けないくらいさえない男だ。

そんな地味ながらも平穏な日々が、ある日突然、終わりを告げた。勤めていた店がまたつぶれたのだ。

一ヵ月分の給料ももらうことはできなかった。俺はなんて運が悪いんだ。

不景気のせいなのか、そのあと仕事が決まらず、金は底をつき、アパートの家賃も払えない。大家からは、「明日までに家賃を払えなければ、出ていってもらう」と宣告されてしまった。

都会に出てくる時、農場を継ぐことを望んでいた両親の反対を押し切り、友人には「成功してみせる」と大見得を切って出てきた手前、家族や地元の友人も頼れない。

この街でできた何人かの知人には、すでに少しずつ借金をしている。頼みごとができるのは、あとトーマスくらいだ。トーマスのアパートに向かったが、やはり気が引ける。あいつだって苦しいはずだ。

引き返そうと足をとめた時、たまたま目の前に宝クジの売店があった。

一枚一ドル。俺はたわむれに一枚買った。

思うんだが、人間の人生のなかで使える「幸運の量」というのは決まっているんじやないだろうか。だとしたら、俺の幸運はだいぶ残っているはずだ。そんな考えが頭をよぎったのだ。

その場で、「当たり」「はずれ」がわかる。結果はすぐに出た。

なんと大当たり。あんなに苦労して報われなかったのに、一瞬で百万ドルを手に入れてしまった。

きっと俺は、ものすごい幸運を隠しもっていたに違いない。そして、その幸運はまだまだ残っているような気がした。

贅沢に使ってしまうのもいいが、俺は百万ドルをもっと大きくすることにした。

まず、パソコンを一台買った。次に本を何冊か読んで勉強し、手に入れた大金を元手に株取引をはじめたのだ。

怖いほどついていた。はじめて買った玩具メーカーの株が大当たり。それから大きい失敗はなく、雪だるま式に金はどんどん増えていった。

俺の成功はマスコミでも何度か取り上げられ、ちょっとした有名人になり、知り合いも増えた。今まで会ったことない種類の人間、セレブと呼ばれる人々だ。

それでも、トーマスとは時々会っている。彼はホットドッグ屋の店員になり、相変わらず地味に暮らしている。何度も、「俺も一ドルのクジに当たって、そこからこんなにお金を増やしたんだ。お前も株をやらないか」と誘ったが、いつも断られる。今の仕事が性にあっているそうだ。

俺はその後も順調に金を増やし続け、資産がおよそ一千万ドルまでふくらんだとき、ついに家を建てた。プールつきの豪邸だ。その豪邸こそが、成功の証《あかし》だった。故郷で暮らす家族も友人も、この豪邸を見れば、認めてくれるだろう。

ついにアメリカンドリームをつかんだんだ！

しかし、やはり「幸運の量」は決まっているのだろうか。喜びもつかの間、原因不明の火事が起こった。命ばかりは失われずにすんだが、豪邸も家のなかにあったものも、財産と呼べるものはすべて失った。何もかも燃えた。きっと幸運も一緒に燃えてしまったのだろう。

あれから俺は何をやってもうまくいかない。資産はみるみる減っていった。いよいよ土地も手放さなくてはいけなくなった。それにつれて、知り合いたちは離れていった。みんな俺の金だけが目当てだったのだろう。

今は空き地になった家の前で、俺が一人立ちすくんでいると、トーマスがやってきた。

「よぉ、大変だったな」

俺は地面を蹴りつけた。

「くそう、すべてパアだ！　俺の全財産、一千万ドルを一瞬にして奪われた！　もうダメだ……俺の人生もおしまいだ」

「何を言ってんだ。一ドルだろ？」

トーマスはケロッとした顔で言った。こいつは何を言ってるんだ。

「だって、お前が持っていた金は、すべて宝クジから始まっているんだから、失ったのは宝クジを買った一ドルだけだろ。たった一ドルなくしただけで、そんなにクヨクヨするなよ！」

言われてみればそうかもしれない。俺は急に心が軽くなった。

幸運はまだ残っているかもしれない。いや、幸運はもうないかもしれない。しかし、少なくとも、本当の友だちは残っている。

（原案　欧米の小咄　翻案　桑畑絹子・桃戸ハル）

## ［スケッチ］名画の値段

一人の貴婦人が、有名な画家の作品を売りたいと、画商のもとを訪れた。

画商は、単刀直入にたずねた。

「奥様は、いくらで買ってほしいと考えているのですか？」

貴婦人は、三本の指を立てた。

「三百万ドルですか？　そこまでは難しいかもしれませんね」

貴婦人は、首を強く振ると、静かに言った。

「いいえ、三ドルで結構ですわ」

この絵は、正真正銘、本物である。

「奥様は、この絵を贋作《がんさく》だと考えているのですか？」

貴婦人は、画商の疑問に答えるように説明しはじめた。

「先日、夫が亡くなったんですの。

夫は、遺言状に、遺産の分配方法を書いていましたわ。

だから遺産の分け方は、それにしたがわないといけませんの。

その遺言状で、私たち家族は、はじめて夫に愛人がいたことを知りましたのよ。

遺言状には、こう書いてありましたわ。

『絵を売って得られた額を、アイリーンに贈る』ってね。だから、あなたに、この絵を三ドルで売ってしまいたいのよ。ほほほほ」

# 受験生の恋愛

白石瑞穂《しらいしみずほ》には、ずっと好きな人がいた。三年生の先輩、早見大輔《はやみだいすけ》だ。

じつをいうと、大輔は同じ中学出身の先輩でもあり、そのころから瑞穂は彼のことが気になっていた。バスケ部で活躍していた大輔は、校内ではちょっとした有名人で、ファンを自称する女子生徒たちが練習を見学するほどだった。

そんなに人気者なら、一度くらい見ておこうかな、と、中学に入学したばかりだった瑞穂は軽い気持ちで体育館をのぞき——そして、軽々とダンクシュートを決めて汗を光らせる大輔の姿に、一瞬で恋に落ちたのだ。

ただ、子どものころから内気だった瑞穂は、大輔に話しかけることができなかった。たまに廊下ですれ違うたび、密《ひそ》かに胸を高鳴らせるのが精いっぱい。大輔が中学を卒業したあとは、内気な自分を責め、やっぱり気持ちを伝えておけばよかった、と、どれだけ後悔したかわからない。

だから、瑞穂が自分の進学先を選ぶ時期になったとき、大輔の存在は、とても大きな要素になった。瑞穂は、大輔が進学したのと同じ高校を受験したのだ。「合格できたのは、恋するパワーのおかげだ」なんてことを思ったのは、秘密である。

大輔は、高校でもバスケットボールを続けていた。そのことが嬉しくて、その姿を見たくて、瑞穂は何度も何度も、体育館へ足を運んだ。大輔のまわりには、中学のときと同じように女子生徒たちがいて、黄色い声を上げていた。ああいうふうに気持ちを声にできたらいいのに……とうらやましく思いながら、やはり瑞穂には――かって後悔したにもかかわらず、ひっそりと胸を高鳴らせているのが精いっぱいだった。

瑞穂は、同じ中学から進学してきた友人の宮野《みやの》紗月《さつき》に、大輔を好きだということを打ち明けた。紗月は、瑞穂から見ても「かわいい」女の子だ。男子にも積極的に話しかけるタイプなので、「気さくだ」「話しやすい」と人気がある。一方で、これは嫉妬の現れなのか、「男子にコビてる」などと言う女子も多い。

瑞穂としては、一度も、紗月をそんなふうに思ったことはなかった。実際に接してみるとわかるが、紗月は明るく、さっぱりした女の子で、「コビを売る」ようなタイプではないのだ。

何かで悩んで相談すれば、紗月は自分の考えを聞かせてくれる。相手の顔色をうかがうということをしないぶん、紗月の言葉は「真剣に自分のことを思って言ってくれているんだな」と感じられて、素直に胸に入ってくる。

それに、瑞穂の友人のなかでは、紗月は恋愛経験が一番豊富だと思うし、自分なりの恋愛観をしっかり持っている。大輔のことだって、相談すれば、またいいアドバイスをくれるかもしれない。

「そんなの、好きですって言うしかないじゃん」

瑞穂が自分の気持ちを話すと、紗月は、ためらいもなくそう言った。

「『恋愛は駆け引き』とかって言うけど、それって、経験値の高い人がやってこそ、成功率が上がるものだと思うんだよね。初心者がいきなり応用問題を解こうったってムリに決まってるんだから、まずは、ストレートに告白するしかないじゃない」

恋愛経験が豊富で、大学生の彼氏までいる紗月が言うのだから、そうなのかもしれない。瑞穂は友人の言葉を真摯に受けとめた。そして、どうしようかと二週間ほどかけてじっくり考えたあと、紗月の言うようにストレートに想《おも》いを伝えることにしたのである。

瑞穂は、部活の練習を終えた大輔が更衣室から出てくるのを待っていた。しばらくして、制服に着替えた大輔が、まだ暑そうにシャツの胸もとをパタパタさせながら瑞穂の前に現れた。

身長は、中学のときよりも十センチ以上伸びていて、たぶん百八十センチを超えている。半袖からのぞく腕にも、あのころより筋肉がムダなくついているのが、瑞穂の目から見てもわかった。さっぱり切られた前髪は、まだいくらか汗で額に張りついている。高校三年生になって受験をひかえた今も、バスケに対する姿勢は変わらないらしい。大学でも続けてほしいな、と瑞穂が思っていると、目の前を大輔が通り過ぎそうになった。

「はっ、早見先輩!」

瑞穂のあわてた声に気づいた大輔が瑞穂のほうに顔を向け、かすかに首をかたむけた。そんな何気ないしぐさにも、瑞穂の胸はときめいてしまう。鼓動がどんどん速くなっていくのを感じた瑞穂は、心臓が暴走を始める前に、大輔に話しかけた。

「せっ、先輩に……ちょっと、お話ししたいことが、あるんですけど……!」

「え……うん、いいけど」

答えた大輔が、ちらりと一瞬、目をよそに向ける。

もしかしたら、心の中をぜんぶ見すかされているんじゃ……。そう思うと、顔から火が出そうになる。けど、ここで引いたら意味がない。瑞穂は、通学カバンを握る手にギュッと力をこめた。

言え。言うんだ、わたし。ここまできたんだから、ちゃんと気持ちを伝えるんだ。

「あ、あの……わたし、じつは中学のころから、早見先輩のことが、気になってて……」

「え……」

尻すぼみになった瑞穂の言葉に、大輔が目を丸くした。もう、最後まで言うしかない。

「わたし、早見先輩のことが、好きです。だから……よかったら、わたしと付き合ってください！」

言ったあとは、大輔の顔を見ることができなかった。瑞穂は、ただただ目を伏せて、爆発しそうなほどに響いている自分の鼓動を聞いていた。

「ありがとう」

聞こえてきた大輔の静かな声に、ドクッとまたひとつ鼓動が跳ねる。おそるおそる顔を上げると、ひかえめに笑う大輔と目が合った。

ああ、きっと今の自分は顔が真っ赤だ。そう思うと恥ずかしいのに、今度は大輔の顔から目をそらすことができない。少しだけ目尻を下げて笑うこの顔も、中学のころから、ずっと瑞穂は見てきた。

「嬉しいよ。でも……返事は、ちょっと待ってもらえないかな」

「え……」

「少し、考えさせてほしいんだ。あっ、俺、今年、受験生だし……」

そのあと、自分がどう返答したのか、瑞穂は覚えていない。気づいたときには、駆け足で遠ざかってゆく大輔の背中を、ただ呆然《ぼうぜん》と見送っていた。

思いきって告白したが、ＯＫの返事はもらえなかった。でも、フラれたわけではない。「少し考えさせてほしい」ということは、可能性はゼロではないということだ。

極度の緊張が過ぎ去った解放感と、フラれなかったという安心感。それから、返事を保留にされたことへの新たな期待と不安とで、わけがわからなくなりそうになりながら、瑞穂は家路についた。

大輔から「話がある」と声をかけられたのは、それからちょうど一週間後だった。今日は、大輔のほうが視線が落ち着かない様子だ。一週間前とまるで立場が逆転していることが、おかしい。こんなことになるなんて、瑞穂には予想できなかった。

「この前は、ありがとう。嬉しかったよ。それで、一週間じっくり考えたんだけどどういう言葉が続くのか。瑞穂は静かに、そのときを待った。

「俺も、きみのこと、もっと知りたいなって思った。だから、なんていうか……この前、言ってくれたこと、ＯＫだよ」

瑞穂は、決めていた。

大輔から、もしもそう言われたときに、どう返事をするのかを。

すうっと息を吸いこんで、用意していた言葉を、ゆっくり伝える。

「ごめんなさい。お断りします」

大輔は、何を言われたのか理解できなかったらしい。豆鉄砲を食らったハトは、こんな風に目をまん丸にするのだろうか。

「……え？」

信じられない、と言いたげな様子で聞き返してきた大輔に、今度は満面の笑みで、キッパリと告げる。

「この間の告白、なかったことにしてください」

「……」

＊

「なんで断っちゃったの!?　みっちゃん、あんなに早見先輩のこと好きだったじゃない？」

すっとんきょうな声を上げたのは、話を聞いていた紗月だ。ほかに、やはり同じ中学出身の桜木詩都花《さくらぎしづか》と森《もり》エミが話の輪に加わっている。

詩都花が「落ち着きなさいよ」と紗月をなだめる。そんな二人を見ていた瑞穂は、小さな苦笑を浮かべた。

「好きだったけど、冷めちゃった。先輩、わたしが思ってたような人じゃなかったの」

「何かあったの？」

エミの問いかけに、瑞穂は少し考えるそぶりを見せたが、やがて決意が固まったらしく、体を前にかたむけた。そんな瑞穂を見た紗月と詩都花とエミも、無意識のうちに身を乗り出す。

屋上にできた少女たちの秘密の輪が、少し小さくなった。

「わたし、紗月以外にも、女子バスケ部に友だちがいるんだけど、じつは、その子からたまた聞いちゃったの」

「何を？」

「早見先輩が、女子バスケ部の一年に告白してフラれたっていう話」

「えっ、どういうこと!?」

声を上げたのは、またしても紗月だ。のけぞった紗月の腕をつかんで引き戻した詩都花が、輪の中心に向かって再び声をひそめる。

「それって、瑞穂が早見先輩に告白する前？　あと？」

「あと。前だったら気にしないんだけど、あとだったからね。それに……」

「それに？」

「……告白してフラれた相手、一人だけじゃないんだって」

「えっ!?」

瑞穂の言葉に、紗月と詩都花の声がぴったり重なった。

「もう一人、名前は言えないけど、女子バスケ部の二年生と、美術部の部長をやってる三年の先輩にも告白してフラれたって……」

「なにそれ……」

「早見ぃ！　バスケ部の先輩だけど、みっちゃんに何してくれてんだ！」

「え、え、どういうこと？」

どうやら、自分だけ状況を把握できていないらしいと悟ったエミが、不安げにほかの三人の顔をキョロキョロと見回す。

詩都花は、「エミのこういう動きも小動物っぽいんだよね」などという場違いな考えは口に出さず、「つまり、こういうことね」と解説口調で話し始めた。

「瑞穂に告白された早見先輩は、瑞穂への返事を保留にしておいて、別の女の子たちに告白したの。きっと、その一年のバスケ部員が早見先輩の本命で、その子にフラれたから、第二候補、第三候補に、次々と告白していったんじゃないかしら」

「つまり、早見は、みっちゃんを『キープ』して、この際だからって、自分が気になってる女子に告白したのよ。だけど全員にフラれたから、みっちゃんの告白をＯＫしたっていうわけ。三人のうちの誰かがＯＫしてたら、みっちゃんには、『ほかに好きな子がいるから、やっぱりきみとは付き合えない』とでも言って、断るつもりだったんでしょ」

「なにそれ、ひっどーい！」

ようやく状況を理解したエミが、小さな拳を握りしめて頰をふくらませる。まったくだ、と言わんばかりに、紗月は腕を組んだ。

「ほんと、サイテー。いくら見た目がカッコよくて、スポーツができても、その考え方、ぜんっぜんイケメンじゃない」

「紗月の言うとおりだわ。最初からだましてくるなんて、あり得ない。瑞穂には、もっと誠実で、まっすぐ向き合ってくれる人が似合うと思うよ」

それぞれに憤る三人を前に、瑞穂の表情は先ほどよりもスッキリしていた。

「それでね、早見先輩のしたことを聞いたら、もう気持ちが冷めちゃって。だから、わたしから告白しておいてあれだけど、断ったの」

「早見に、ビシッと言ってやった？」

眉をつり上げてそう尋ねたのは、今度も紗月だ。紗月の剣幕に押されることもなく、瑞穂は今日一番の笑顔で「うん」とうなずいた。それから、ふいに真顔になる。

冷たささえ感じさせるこの表情こそが、早見大輔に見せた表情なのだろう。

「『恋愛は受験じゃないんだから、第二希望も第三希望も、すべりどめもないよ！』って、言ってやった」

紗月が、ぱちくり、と音が聞こえてきそうなまばたきをした。しばらくして、ふっとその唇がゆるみ、笑い声がもれてくる。

「いいね、みっちゃん！『恋愛にすべりどめはない』って、名言だよ！」

紗月の言葉を聞いた瑞穂の顔に、微笑《ほほえ》みが戻った。

「わたし、ほんとは、自分のしたことが間違いだったんじゃないかって、ずっと不安だったの。好きだった人と付き合うチャンスだったし、先輩、二股をかけたわけでもないし……。だから、断っちゃってよかったのかなって、ずっと考えてたの。でも、紗月たちに話して、やっぱり自分のしたことは間違ってなかったって思えた」

「当たり前だよ！　そんなことするヤツ、みっちゃんと付き合う資格なんてないんだから！」

両手を握りしめて言う紗月に、瑞穂は「ありがとう」と、ようやく心からの笑顔を向けた。

「聞いてもらって、よかったよ。自分の決断に自信がもてた」

そこに、「はぁ……」と、ひどく重たいため息が聞こえた。

「そういうズルいことを平気でする男の子って、ほんとヤダ……」

落胆するような口調でつぶやいたエミの肩が下がる。それを軽く叩《たた》いて元気づけるのは、いつも詩都花の役目なのだった。


（作　橘つばさ・桃戸ハル）

# ［スケッチ］彼氏の顔

「ヨウコの彼氏って、見た目はどんな感じなの？」

友人のユリに聞かれて、ヨウコは困った。なんと説明したらいいのだろう。

「そうねぇ。メガネをしているときは、全然かっこよくない。はっきり言って、不細工に見える。

でも、メガネをはずすと、すごくカッコよく見える。

メガネをしているときと、してないときのギャップがすごいかな」

「いいな〜。ギャップ萌《も》えだね」

「そんないいかな？」

自分の彼氏をほめられることになれていないのか、ヨウコは、嬉しそうなそぶりも見せず、淡々とした様子だ。

ユリは、そんな様子がもどかしくてアドバイスした。

「じゃあさ、彼氏にコンタクトにしてもらったら？」

ヨウコは、ユリの顔を不思議そうに見つめて言った。

「どうして？　私の彼氏、全然視力が悪くないけど？」

「えっ、だって、さっき、『メガネをかけたら』とかって……」

ヨウコは、自分の発言が、友人に誤解を与えたことに気づき、あわてて補足した。

「あぁ、そうか、ゴメンゴメン。さっきの『メガネをしたら』とか、『メガネをはずしたら』っていうの、彼氏じゃなくて、『私が』ってことだよ」

# 事故物件

「へぇー、素敵なおうちじゃない！」

いかにも夢見心地な声を上げたのは、娘さん——ではなく、奥さんなのだろう。かなりの年の差だが、二人が父娘《おやこ》でないことは、会話からわかる。

四十代であろう旦那さんはジャケットにネクタイという装いで、どちらもカジュアルながらキチッとした印象だ。ジャケットもネクタイも、相当な高級品だろう。来店時に記入してもらったシートの職業欄には「会社経営」と書かれていた。

「ねぇ、あなた！　天井が高くて、とっても素敵じゃない？」

「ああ。そうだね」

「これだけ広かったら、子どもがたくさんできても平気よ。ねっ、そう思わない？」

「おいおい、不動産屋さんの前だぞ」

朗らかに笑う旦那さんの腕をとって、二十代なかばに見える奥さんが無邪気にはしやいでいる。裕福な暮らしと、若い奥さん……あぁ、なんてうらやましい。

「気に入っていただけて、なによりです」

わたしは額の汗をハンカチでぬぐいながら、営業スマイルを浮かべた。熱い仲をみせつけられたということもあるが、このイヤな汗の原因は、もっと別にある。

「たしかに、いい家だ。正直、中古物件はどうかと思っていたけど、これが中古とは思えないな」

「ねえ、不動産屋さん。こんなに素敵な家が、本当にあのお値段なの？　しかも、家具つきなんでしょ？」

「あ、はい……」

うなずいた拍子に、背筋を汗がつたう。泰然とした旦那さんも、子どもっぽい雰囲気の奥さんも、さっきわたしが伝えた話を、本当に理解しているんだろうか。

「お値段は、先ほど申し上げたとおりで結構です。ここは、その……事故物件ですので……」

じわりと、また嫌な汗が全身に浮かぶ感覚がした。

「事故物件」——前の居住者がなんらかの理由で死亡した不動産を、そう呼ぶ。自殺、事故、殺人、発見が遅れた老人の孤独死……理由はいろいろあるが、たいていの人は、そんないわくつきの物件には住みたがらない。紹介しておいてなんだが、わたしだって御免だ。

　不動産会社は多かれ少なかれ、そういった事故物件も取り扱っている。安さにひかれて賃借、購入する客もいるが、そういった客にも事前に、それが事故物件であることを告知する義務が、不動産屋にはあるのだ。

　当然、わたしはこの夫婦にも、この一軒家がそういうたぐいのものであることを伝えた。しかし二人は顔色ひとつ変えず、とりあえず見せてほしいと言ってきたのだ。

「本当に、きれいなおうち。一家惨殺事件が起こったふうには、とても見えないわ」

　若奥さんの口からさらっと出てきた不穏な単語に、わたしは、「ええ、はい……」と曖昧にうなずくことしかできなかった。

　以前、この家に住んでいたのは、どこにでもいるような幸せな一家だった。一家の大黒柱である夫は大手メーカーに勤めていて、妻は専業主婦。子どもは二人いて、上の子は小学校に通う男の子、下の子はまだ小学校へ上がる前の女の子だったらしい。休日には、この家の庭でバーベキューを楽しんだり、父親の運転する車でどこかへ出かけたりと、笑い声の絶えない理想の家族だったと聞いている。

　なのに、悲劇は突然起こった。大手企業に勤めていた夫が、突然、妻と子どもたちを刃物でメッタ刺しにして殺害するという凶行に及んだのだ。

夫は、何か意味不明なことを叫びながら、妻子を襲ったらしい。「その様子は、まるで何かに取り憑《つ》かれたようだった」と、あたかも現場を見ていたかのように書き立てた週刊誌もあった。

大手企業に勤める夫には、それなりの苦悩やストレスがあったのかもしれないが、同情の余地はない。家族三人を手にかけた殺人犯である夫は現在も拘留中で、幸福の象徴であったはずのこの家は、恐怖の「事故物件」になったというわけである。

血なまぐさい殺人事件が起こった家からは、事件当時、しばらく血のにおいが消えなかったと聞いている。それでもなんとかリフォームを終え、この規模の一軒家としては破格の値段で売りに出された。

これまで、購入を希望する客がいなかったわけではない。今日みたいに内見の案内だって、何度か担当したこともある。しかし、彼らは最終的には青い顔で「この話はなかったことに」と言って、そそくさと帰っていった。

「それで、あのウワサは本当なのかな？　ここで殺された奥さんと子どもたちの霊が出るとか、怪奇現象が起こるっていうウワサは」

「さ、さぁ……近所の人たちがウワサしているだけで、わたしには、なんとも……」

旦那さんの紳士的な微笑みに、わたしは動揺を隠しながら、また汗をぬぐった。

そこへ奥さんが、家の中の探検から、スリッパを鳴らしながら戻ってくる。

「そんなこと、どうでもいいじゃない。あたし、気に入ったわ、この家。キッチンもお風呂もキレイだし、お庭も広いし。ねえ、ここにしましょうよ、あなた」

「そうだね、僕も気に入ったよ。さっそく、契約の手続きをしたいんですが……」

あまりにもトントン拍子に進む話に、こちらが置いていかれそうになってしまう。

「け、契約書は、すぐに準備できますが……念のため、確認させてください。この物件の事情をご承知のうえで、それでもなおかつお住まいになるということで、よろしいですか？」

不動産屋としては不適切な発言だとはわかっている。しかし、一歩足を踏み入れた瞬間から、脂汗と冷や汗が止まらなくなるようなこんな家に住もうなどと即決できる感覚が、正直、わたしには理解できなかった。

だから思わず聞き返してしまったのだが、それにも夫婦は飄々《ひょうひょう》と笑って答えた。

「僕も妻も、非科学的なことは信じないタチなんですよ。ほら、商売をするには論理的じゃないと」

「幽霊も怪奇現象も、あるわけないですよ！　怖い怖いって思ってるから、ありもしないものが見えたり聞こえたりするんです」

そう言い切る夫婦に、わたしは何も言い返せない。もとより、家が売れるなら不動産屋としては願ったりかなったりなのである。とくにこういう物件は、早く手放してしまいたい。

「で、では、ご購入ということで契約のお手続きを進めさせていただきますので、事務所のほうに……」

「はーい」と元気よく返事をした奥さんが、その腕を旦那さんの腕に絡める。その光景に嫉妬心が芽生えたものの、この夫婦には幸せに暮らしてほしいとも思う、複雑な気持ちになった。

＊

無事に契約が成立し、夫婦が引っ越しを終えてから、三ヵ月が経《た》ったころ——

わたしが事務所で書類整理に追われていると、バンッと大きな音を立ててドアが開いた。何事かと顔を上げると、そこにはあの年の差夫婦が、肩で息をしながら立っていた。その顔色は、まるで血の気を失ったように真っ青になっている。ただ事ではない二人の様子に、わたしは、もしやという気がした。

「いったい、どうなさいま──」

「あの家は呪われてる！」

声を上げたのは、夫のほうだ。三ヵ月前の内見時はこぎれいな身なりだったのに、今日の服装は明らかに部屋着といった様子のスウェットで、剃《そ》られていない無精ヒゲがどこか貧乏くさい。隣で震えている奥さんも、急に老けこんだように見える。

「と、とにかく、奥のお部屋へ……」

店先で「家が呪われている」だのと叫ばれては、ほかのお客に不安を与えてしまう。わたしは夫妻をなだめながら、奥の応接室へ通した。気持ちが落ち着くかと思って、温かいコーヒーを出したが、夫妻はひざの上で両手を震わせるばかりで、その手をカップに伸ばそうとはしない。

「いったい、どうされたんです？」

「やっぱり、あの家には住めません‼」

いきなり結論から口火を切ったのは、若い奥さんのほうだ。何かにおびえているように見える。これは、あの家で何かあったとしか思えない。

「夜中に足音がするし、閉めたはずの扉が急に開いたり、それに声だって聞こえるんです！　子どもたちの声が!!」

「姿だって見ました。僕も妻も、最初は見間違いだと思っていたんですが……寝ているときに体の上に乗っかられたりしたら、さすがにもう、気のせいだとは思えなくて……。きっとあれは、父親に殺された二人の子どもたちです」

「まさか……」

無意識につぶやいたわたしを、奥さんがキッとにらみつけてきた。

「母親の霊も見たわ！　すすり泣きながら、あたしのこと恨めしそうに見てた！　あたし、このまま連れてかれるんじゃないかって思って、怖いどころじゃなかったんだから!!」

恐怖にノドを引きつらせた奥さんが、そのまま顔をおおう。その肩を支える旦那さんの頰は、ずいぶん、こけていた。夫妻の外見的な変化もさることながら、そのおびえ方は尋常ではない。演技でやってるなら、役者にでもなれるだろう。信じられる気もするが、信じられないという気持ちもやはりぬぐいきれず、わたしの心の中でせめぎ合っていた。

「まさか本当に、殺された母子の幽霊が？」

どう受け取っていいものかわからず、つぶやいたわたしに、今度は旦那さんが憔悴《しょうすい》しきった目を向けてきた。

「じつは、それだけじゃないんです」

「え？『それだけじゃない』というのは……」

「あの家にいるのは、父親に殺された子どもたちと、母親だけではないんです」

「どういうことです？」

予想だにしなかった言葉に、わたしは目をしばたたかせた。額を押さえて力なく首を左右に揺らしながら、旦那さんが張りのない声で続ける。

「思い出すのも恐ろしいですが……母親と子どもたちのほかにも、僕は老人の姿を見たんです。廊下をスーッと音もなく歩いて、突き当たりの壁に、吸いこまれるようにして消えていきました」

「あ、あたしは、軍服みたいな格好をした若い男の人……！　銃みたいなものを背負って庭を走ってるのが、カーテン越しに、窓から見えて……そのうちに、カーテンの隙間から、こっちを……！」

奥さんは言い終わるより先に、わっと声を上げて顔をおおった。声はもう嗚咽《おえつ》になって、これ以上の話を聞くのは難しそうだ。

「あんなところに住んでいたら、頭がおかしくなってしまう。申し訳ないが、解約させてくれ。違約金なら払う！」

怒りではなく恐怖に任せて声を荒らげた旦那さんは、そのまま震える手で解約手続きをすませ、奥さんとともに逃げるように事務所を出ていった。きっと、ここへ新居を探しに来ることは、二度とないだろう。

「やっぱり、あの家には、亡霊たちが棲《す》みついているのか？」

しかも、ウワサにあった被害者母子の幽霊だけでなく、老人や軍人の幽霊まで見たという。夫妻の話が本当なら、あの家は「事故物件」どころか、「幽霊屋敷《やしき》」ということにもなりかねない。

そこまで考えて、わたしはハッとした。

――「あんなところに住んでいたら、頭がおかしくなってしまう」

旦那さんの言っていたことは、もしかしたら真実なのかもしれない。

父親が妻と子どもたちを惨殺した、あの忌まわしい事件。逮捕された父親を、「まるで何かに取り憑かれたようだった」と表現した週刊誌。逮捕直後の犯人は、家族を手にかけたことからひどく気が動転し、支離滅裂な証言をしているという報道もあったが――まさかそれが本当に、何かに取り憑かれていたからだとしたら？　一家が暮らし始める前からそこにいた、目に見えない何かにそそのかされて、父親が家族に刃を向けたのだとしたら？

ふいにゾクリと背筋が粟立《あわだ》って、わたしは自分の両腕を抱えた。それでも、ワイシャツの下の鳥肌は、しばらく消えそうにない。

あの物件を売りに出すのは、もうやめよう。ただ、そう考えるばかりだった。

＊

それから、一ヵ月が経ったころ。

年老いた夫婦が、塀の中にいるひとりの男を訪ねた。

「久しぶりね……。また、ちょっと痩せたんじゃない？」

「ちゃんと食わないとだめだぞ。まぁ、拘置所の食事がうまいかどうかは、わからないが……」

目の前にいる男に向かって、老夫婦は距離を測りあぐねたように言葉を投げかける。男はうつむいたまま、答えない。顔を見合わせた老夫婦は、透明な壁のむこうにいる男に顔を寄せて、こう言った。少しでも、息子に元気になってほしかった。

「今日はな、いい報告があるんだ。おまえたちが暮らしていたあの家に、夫婦を住まわせた。父さんの知り合いの劇団にいる、売れない役者たちに金を渡してな。喜んで引き受けてくれたよ。夫婦のフリをさせて、あの家に住まわせて、被害者母子の幽霊だけじゃなく、老人やら軍人やらの幽霊に悪さをされたと、不動産屋で見事な芝居をしてくれた」

「だからきっと、あなたも、その老人や軍人の悪霊に取り憑かれて妻子を手にかけてしまったということになるわ。そうなれば裁判で、あなたが心神耗弱だと認められて、罪が軽くなるかもしれない。いいえ、きっと軽くなるわ。不動産屋の人が証人になってくれるんだもの。孫たちと嫁を失ったのは悲しいけれど……一番大切なのは、息子のあなただから」

そう話す両親の目には、異様な光が宿っていた。そして、その言葉に反応して、男が顔を上げる。

その瞳には、両親の瞳の異様な光を飲みこむほどの深い闇があった。

（作 橘つばさ）

# ［スケッチ組曲］裁判

## 判決

その被告人は、殺人事件の犯人として裁判にかけられていた。

現行犯逮捕であり、犯人であることは間違いなかったが、その動機は、警察の取り調べではわからなかった。

裁判で被告人が動機として語ったのは、自身の不治の病についてであった。

長くない自分の命をはかなみ、無関係な命を奪ってしまった――。

「そんな言い訳、嘘だ!!」

遺族が傍聴席から叫ぶ。

裁判長は、被告人を優しくさとすように言った。

「『生きたい』と願う強い心があれば、病魔にも負けず、無辜《むこ》の命を奪うこともなかったのではないですか。あなたの人生は、あなたの心の持ち方で変わるんです。戦いをあきらめないことです」

被告人は涙を流しながら、裁判長の言葉に、何度も何度も強くうなずいた。

そして、陳述が終わり、裁判長は、おごそかに判決文を読み上げた。

「主文　被告人を死刑と処す――」

控訴

第一審で死刑を宣告された被告人が、高等裁判所に控訴し、再び裁判が始まった。

しかし、裁判の途中、被告人は重い病に倒れ、危篤状態に陥った。

被告人には、緊急の手術がほどこされた――。

一年後、体調が回復し、再び法廷に立った被告人に、高等裁判所の裁判長が告げた。

「主文　被告人を死刑と処す――」

それを聞いた、被告人は、大声で抗議した。

「なぜ、あなたがたは、私を助けたんですか！　なぜ、あのまま私を死なせてくれなかったんですか!!」

裁判長は冷たく言った。

「裁判は、罪を裁いたり、判決を言い渡すだけのものではない。

なぜ犯人は罪を犯したのか、なぜ被害者は死ななければいけなかったのか、その真実をつまびらかにするのが裁判なんですよ。

それに被告人は、三人の尊い命を奪っています。二回死んで償えるものではないはずです」

# うそつき

白バイ警官になりたいという夢を、ジミーはかなえた。小さいころからのあこがれであった白バイに、今、自分は乗っている……。難しい試験に合格し、長期にわたる研修と訓練を経て、ようやくジミーは白バイ警官として、その任務についたのだった。

担当エリアとして言い渡された幹線道路をパトロールしていると、さっそくジミーは、スピード違反の車を見つけた。白バイ警官としてはじめての仕事だ。ジミーはアクセルを全開にして、その車を追いかけた。

サイレンを鳴らして追跡をすると、すぐにスピード違反の車は速度を落とした。ジミーは車を誘導し、路肩に停《と》めさせた。時速四十キロ制限の道を、その車は明らかに三十〜四十キロはオーバーしていた。見逃すわけにはいかない。はじめての検挙になるかもしれない。ジミーは緊張しながらも、それがばれないよう、平静を装いながら運転手に話しかけた。

「あんなに飛ばしちゃ危ないですよ。はい、じゃあ免許証を見せて」

すると、運転手は思ってもいなかったことを言い出した。

「え？　そんなものあるわけないだろ。もう一年も前に、時速百キロオーバーで免許停止になったまんまなんだよ」

一瞬、ジミーは、相手が何を言っているのかが理解できなかった。免許証がない？　百キロもオーバーして？　しかも悪びれる様子もない。これは、とんでもなく悪質なドライバーだ。ジミーの全身に、さらなる緊張が走った。ただのスピード違反ではすまされない。男からは、犯罪のにおいがした。

「それじゃあ無免許運転じゃないか！　これは、あんたの車かね？」

運転手は、比較的若い男であった。若者が乗るには、その車は高級すぎることに、ジミーは気づいたのだ。この質問にも、ドライバーは臆することなく答えた。

「まさか、この俺がこんな高級車に乗れるわけないじゃないか。盗んだ車に決まってるだろう」

なんという開き直り。犯罪者らしいおどおどした態度がまったく見られない。これは相当に悪質なタイプだ。ジミーは動揺しはじめたが、つとめて冷静に職務質問を続けた。

「盗難車ってことは、あんた泥棒じゃないか。誰の車なんだ。元の持ち主が分かるような、そうだ、車検証か何か入ってないのか？」

はじめての仕事で、こんなにも重大な事件にぶつかるとは思ってもみなかったが、ジミーは白バイ警官として、引き下がるわけにはいかなかった。一方、ドライバーの男は相変わらず、自分の置かれた状況が分かっていないようだ。

「車検証、車検証……っと、あ、そういえばさっき、ダッシュボードに拳銃をしまったときに、見たかもしれないな」

男は、さりげなく、とんでもないことを言い出した。いよいよジミーの額に、いやな汗が流れはじめた。

「け、拳銃だって？　まさかあんた、拳銃を隠し持っているっていうのか？」

男は悪びれることなく、こう言い放った。

「ああ、そうだった。この車の元の持ち主は、女だよ。車検証なんて、見るまでもない。だって、さっき、その拳銃をぶっぱなして殺したのは女だったんだからな」

ついに、男は自らの犯罪、しかも殺人という大罪を白状した。目の前に殺人犯がいるという事実に、ジミーは小さく震えた。そして、そのことを隠すのに必死だった。

白バイの警官を目の前にしながら、まったく悪びれる様子もないところに、ジミーは戦慄を覚えたのだ。

「こ、こ、殺しただと？　それじゃあお前は、さ、殺人犯ということに……」

スピードオーバーくらいの交通違反ならともかく、これほどの凶悪な犯人は、とても自分ひとりの手には負えない。自分ひとりでは、身の危険すらある。

ジミーは無線で、近くをパトロールしている上司に、すぐに来てもらえるよう助けを求めた。そんなやりとりの間も、男は動じることなく、むしろ退屈そうに座っている。ジミーは、声のふるえをおさえながら、男に尋ねた。

「で、お前が殺したという女の人の……車の持ち主の死体はどうしたんだ？」

「ああそれなら安心してくれ。ちゃんとトランクに入れてあるから。ちょうど、山奥に捨てに行くところだったんだ」

何を安心しろというのだ。恐怖に耐えてきたジミーであったが、ついにその我慢も限界を越えようとしていた。人を殺して、こんなにも平然としていられる、この男は得体が知れない。この男の前で、隙を見せることなど……自分ひとりでトランクをあけて調べることなどできなかった。と、そこに、上司のベテラン警官がやって来た。

ジミーはそのベテラン警官に、これまでの状況を説明した。

「とにかく、常軌を逸しています。とても危険な犯人です。何をしでかすか分かりませんから、くれぐれも気をつけてください」

ベテラン警官は真っ青な顔をしたジミーに対して、さらに応援を呼ぶように言いつけ、自分は運転手に近づいて言った。

「では、再度尋ねますが、免許証はない、ということですね?」

ジミーの報告によれば、相当に危険な人物だ。いつでも反撃できるよう、ベテラン警官はホルスターにしまった銃を確認してから、ドライバーの男に質問をはじめた。

ところが、返ってきたのは意外な返事であった。

「いえ、ありますよ。はいどうぞ」

知的な口調で、男は財布から免許証を取り出して見せた。そこに写っている顔写真は、たしかに本人のものだった。偽造でもないようだ。ジミーの話では、かなり危険なにおいがするということであったが、これはどういうことだろうか。

「……おかしいな。で、これは誰の車です?」

ベテラン警官が尋ねると、男は何くわぬ顔で答えた。

「私のですよ。ほら、車検証もこのとおりあります」

男は車から車検証を取り出して見せた。それも、間違いなく本人のものだった。

「ジミーの報告とは、ずいぶん違うな……」

とまどいながらも、ベテラン警官は重大な事実を思い出した。そうだ、この男は拳銃をもっているということだった。

「ダッシュボードには拳銃が入っているんじゃないのかね？」

この質問に、ドライバーは少し驚いたように答えた。

「えっ、拳銃ですって？　とんでもない。どうぞ、なかを見てください」

言われたとおりに、警官はダッシュボードの中から、シートの下まで調べてみたが、なかには何もなかった。ますます混乱しながら、警官は尋ねた。

「そうだ、トランクには死体が入っているという話だが？」

ドライバーの男もまた、ますます困惑したように答えた。

「し、死体!?　そんな馬鹿なこと、あるわけないじゃないですか。疑うのなら、どうぞ見てください」

運転手が開けたトランクを調べてみたが、たしかに、なかには何もなかった。血のあと一つない。これはいったい、どういうことなのだろう。そういえばジミーは今日がはじめての現場だ。緊張のあまり、頭が混乱しているのだろうか。ひとり言のように、ベテラン警官は言った。

「……変だな。先ほどの白バイ警官は、あなたが無免許のうえに、車を盗み、ダッシュボードには拳銃があり、トランクには女の人の死体を積んでいると言っているんですが……いったいどういうことでしょう？」

運転手はあきれたように言った。

「あの白バイ警官、とんでもないうそつきですね。もしかして彼、この私が、スピード違反をしただなんてうそも言ってませんでしたか？」

（原案　欧米の小咄　翻案　小林良介・桃戸ハル）

# ［スケッチ］代わりとなる人材

その国の宰相が暗殺された。彼は、国王の右腕として信頼される、優秀な大臣であった。

実は、彼を暗殺したのは、宰相の部下の一人だった。

宰相の葬儀の日、しめやかに棺《ひつぎ》が運ばれる中、その暗殺者は、何食わぬ顔をして、国王の耳元でささやいた。

「国王陛下、このようなときに何ですが、この私に、あの宰相の代わりを務めさせていただけないでしょうか？」

国王は、宰相の死の真相を知ってか知らずか、怒りと悲しみをたたえた表情で、冷たく答えた。

「それは有難い話だな。お前が、代わりになってくれる、つまり、あの棺の中に入ってくれるということだな。こんなに嬉しいことはないぞ」

# 名探偵の復活

二ヵ月の入院生活から、探偵はようやく解放された。二ヵ月前、夜道を歩いていたときに背後から襲われたのである。

犯人がまだ逮捕されていないのは、数々の難事件を解決に導き、「名探偵」の呼び名をほしいままにしている探偵自身が入院してしまったことで、犯人が誰なのかを推理する人間がいなくなってしまったからだと言われている。

一部の週刊誌などは、「過去に探偵の推理によって逮捕された犯人か、あるいはその身内が逆恨みして凶行に出たのではないか」とも書き立てた。

いつも探偵が扱っていたのとは異なる、ある意味ちっぽけなこの傷害事件は、しかし、探偵の生活を大きく狂わせた。仕事に復帰すれば、また同じことが起こるかもしれない。報復される恐怖感から、探偵は仕事ができなくなってしまったのである。そして探偵は、事件の第一線から離れた。

しかし、探偵のたぐいまれなる推理力を、警察はほうっておかなかった。

「お願いします。事件解決のために、あなたの頭脳をお借りできませんか？」

「凶悪犯を野放しにして、市民の生活がおびやかされてもいいんですか？」

「あなたの身の安全は、我々が必ず守ります」

「どうか力を貸してください！」

そんなふうに拝み倒されて、探偵は渋々、現場に赴いた。

最初のうちこそ、あの夜の記憶がよみがえることもあったが、それでも、頭と身体《からだ》を動かして事件の謎をひもといていくうちに、被害者に同情する気持ちと、「犯人との頭脳戦に負けてなるものか」という探偵の本能めいたものが、ふたたび湧き起こってきた。

それとともに、推理にも切れ味が戻ってきたのだ。

親族間の醜い遺産相続争いの果てに起こった殺人事件。

巧みなかくれみのを何重にも張りめぐらせていた、犯罪集団による、大規模な詐欺事件。

大企業の社長の子息をさらって身代金《みのしろきん》を要求してきた、緊迫の誘拐事件。

警察に呼ばれて事件現場に足を運び、事件を一つ、また一つと解決するうちに、探偵は少しずつ推理の感覚と自信を取り戻していった。

やはり、善良な市民が苦しみや悲しみに涙しているのを、ほうっておくことはできない。卑劣で凶悪な事件を解決し、被害者の心を少しでも救うことが自分の天命であることを、探偵は思い出した。


その日、探偵が呼ばれたのは、新たな殺人事件の現場だった。著名人の集まる受賞記念パーティーで、主役である初老の大学教授が、天井から落下したシャンデリアに押しつぶされて死亡したのである。

最初は事故かと思われたが、教授の受賞をねたむ同僚や、教授にパワハラを受けていたと思われる助手、さらには教授と不倫関係にあった女性の存在など、パーティーに集まった者の多くに、教授を殺害する動機があることがわかったため、殺人の可能性も視野に入ってきたのである。

そして、現場に到着した早々、探偵は、落下したシャンデリアの根本に奇妙な焦げ跡が残っているのを発見した。それを取っかかりに独自の捜査を続けた探偵は、やがて、一人の犯人にたどり着いた。

「犯人は、あなたですね」

そう言って探偵が指さしたのは、教授からパワハラを受けていた助手の男だった。

「ちょっと待ってください！　どうして、わたしが!?」

「今回、教授が受賞した論文……あれを書いたのは、じつは、あなたなんじゃないですか？　それなのに教授は、自分の名前で論文を発表した。あなたが殺意を抱いたことは明白だ」

「そっ、そうだったとしても、教授の上だけを狙ってシャンデリアを落とすなんて、どうすればそんなことができるんですか!?　パーティー会場には、ほかにも招待客が二百人以上いたんですよ？　そんな混雑のなか、教授一人だけを殺害するなんて……」

「簡単なことです。催眠術ですよ」

探偵が堂々と口にした推理に、まわりを取り囲んでいた刑事たちが、同時に「おぉ！」と驚きの声を上げた。その反応に、探偵は得意げに鼻から息を吐いて、胸をそらす。

「被害者の専門分野は、みなさん、ご存じでしょう？　そう、心理学です。つまり、その助手であったあなたも、人の心理を操る術は熟知していたはずだ」

「催眠術が、殺害のトリックと、どう関係あるんだね？」

口をはさんだのは、探偵をこの場所に呼び寄せた警部だった。

「催眠術で教授をシャンデリアの真下に誘導したあと、遠隔操作か何かで落下させたのでしょう。落ちたシャンデリアの根本に、奇妙な焦げ跡が残っていたのが、その証拠です。ちなみに、このトリックでは、教授以外の人間をシャンデリアの下から離れさせる必要がある。そうしないと、無関係な人間を巻きこんでしまいますからね。だからあなたは、教授の近くにいた人間にも催眠術をかけ、被害の及ばない場所へ誘導したのです。そんなことができるのは、心理学を学んでいるあなただけだ！

仮に、まわりの人間を躊躇《ちゅうちょ》なく巻きこむ方法をあなたが選んでいれば、わたしは、催眠術という方法には気づくことができなかったかもしれない。そうなると、容疑者をしぼることが困難になり、わたしは、あなただけに疑いの目を向けることはなかったでしょう。非情になりきれなかったあなたの選択が、あなたを追いつめたのです！」

そう言って探偵が、容疑者である助手に鋭いまなざしを向ける。

そして、警部に向かって言った。

「彼のポケットには、遠隔操作に使ったリモコン装置がまだ入っているはずです。調べてください」

ポケットをさぐろうとする警部の手を払った助手は、やがて、小刻みに震え始めたかと思うと、その場にひざから崩れ落ちた。

「あ、あいつが悪いんだ！　『論文を自分の名義にさせてくれたら、きみの出世を約束する』だなんて言っておいて、俺を道具みたいに使い捨てにしやがって……。だから俺は、催眠術を使って、あいつを殺してやったんだ!!」

そう自供して、若い助手は大声で泣き叫んだ。こうして、「大学教授シャンデリア殺人事件」は、名探偵の活躍によって見事に解決されたのである。

「いやぁ、今回も名推理！　感服しました！」

両手を叩きながら、警部が探偵のもとにやってきた。「いえいえ」と応じながらも、探偵は胸を張る。今の探偵は、少し前までは衰弱しきっていたことなど思い出せないほど、自信に満ちあふれていた。

「また難解な事件があったら、呼んでください。このわたしが、たちどころに解決してみせましょう！」

「名探偵、完全復活ですな！　いやぁ、心強い。もしものときは、また頼みます！」

もちろん、とゆっくりうなずいて、探偵は現場をあとにした。ゆっくりと立ち去る背中には、かつての誇りが戻っていた。

探偵の背中が見えなくなるまで見送ってから、警部はまぶたを半分下ろして、ふぅ……とため息をついた。そんな警部に、若い刑事が声をかける。

「こ、こんな感じで、よかったんでしょうか、警部……」

「あぁ。きみたちは、よくやってくれた。犯人役の彼も、ほめてやらんとな。あんな突拍子もない推理に、よくアドリブで対応してくれたよ。まさか『催眠術だ！』なんてな。笑いをこらえるのに必死だったよ。自信のほうはだいぶ回復はしてきているようだが、肝心の推理力がな……」

そう言って警部が額を押さえながら、疲れたように笑う。しかし、若い刑事は、不安げな表情を浮かべるばかりだ。

「ですが、本当に大丈夫なんですか？　名探偵に復帰してもらうためとはいえ、いつまでもこんな小芝居を続けていたら、そのうち気づかれてしまうんじゃ……。それに、著名な学者が殺害されたら、ふつうはニュースで大きく取り上げられます。明日、テレビや新聞を見た探偵さんが、今回の殺人事件の報道が何一つされていないことに気づいたら……」

「いや、その心配はない」

どこかおびえた表情を浮かべる若い刑事に、警部はキッパリと答えた。ニッとつり上がった唇は、皮肉な色をしている。

「探偵というヤツらは、事件を解決することにしか興味がないんだ。推理することを楽しみ、それを大勢の目の前で披露して犯人を追いつめる行為に酔いしれ、犯人が連行される瞬間に有終の美を飾った気になっているんだよ。

だから、逮捕された犯人が、どれくらいの懲役判決を受けたかとか、そもそも裁判で有罪になったのかさえ、関心がないんだ。推理が終わった時点で、興味も終了。極端な言い方をすれば、そのあとで事件がひっくり返ろうが、真犯人が現れようが、どうでもいいんだろうな。実際、冤罪《えんざい》も多いし、そもそも証拠が容疑者の自白しかなかったせいで裁判に持ちこめなくて、不起訴になることも多いんだ。

とはいえ、彼らの推理が事件解決に一役買うことも、なくはないからな。リハビリのためのこの小芝居も、早く終わりにしたいもんだ」

（作　桃戸ハル・橘つばさ）

## ［スケッチ］怪盗からの予告状

「絵画を盗む」という予告状が、美術館の館長のもとに届いた。

その絵画は、高価なものではあったが、美術館の目玉というわけでもなく、なぜその作品が狙われるのか、関係者は首をひねった。

犯行の予告日、絵画の警備が厳重になされる中――突然、床から煙が噴き出し、警備員の視界はふさがれた。

それは時間にして、ほんの数十秒のことである。

しかし、絵画をチェックした館長が悲鳴を上げた。

「ニ、ニセモノにすり替えられている！」

怪盗の正体はもとより、怪盗がどのように絵画を盗んだのか、そのトリックを見破れる者は誰もいなかった。

――うまくいったぞ。あの絵の本物は、もう三年も前に、借金返済のため、売ってしまっておるわい。ニセモノを飾っていても、気づかないヤツラが悪いんだ。

怪盗騒動で皆がざわつく中、館長だけが小さく笑った。

# 奉教人の死

昔、長崎のサンタ・ルチアというキリスト教寺院に、ロレンゾという少年がいた。この少年は、ある年のクリスマスの夜に、寺院の前で行き倒れていたところを、寺院の者が発見し、養われることになったのであった。

しかし、素性を聞いても、故郷は「天国」、父の名は「神」などと冗談めかして、本当のことは明かさなかった。それでも、親の代からのキリシタンであろうことは、手首の念珠からうかがえた。

そのため、神父をはじめ寺院の者たちも、怪しい者ではないだろうと考えて、ロレンゾを手厚く世話することにした。

ロレンゾの信心の篤《あつ》さは驚くほどで、皆、「ロレンゾはキリストの生まれ変わりであろう」などと言って、どこから来たとも知れないこの少年を、大切に扱った。ロレンゾの顔かたちが玉のように美しく清らかで、声も優しかったことは、皆が、より一層ロレンゾをかわいがる理由となった。

なかでもシメオンという修道士は、ロレンゾを弟のように思うほどであった。シメオンは、元は大名に仕える家柄の出身であった。そのため背も高く、体格もよかったので、ロレンゾと仲よくしている様子は、まるで鳩《はと》と親しむ鷲《わし》のようでもあった。

三年ほどが過ぎて、ロレンゾが元服する年齢になったころ、怪しげな噂《うわさ》が流れるようになった。寺院の近くの町に住む職人の娘が、ロレンゾと親しくしているというのである。娘の父親もキリシタンであったので、娘と一緒に寺院を訪れていたのだが、娘は祈りの間もロレンゾから目を離すことはなかった。さらに寺院に来るときには必ず髪を整えて、ロレンゾに視線を送っていた。

神に仕える身で、女性と親しくしているとあっては、悪い噂になる。そのような様子は自然と寺院の者たちの目にとまり、二人が手紙をやりとりしているのを見たと言う者まで現れた。

ある日、神父がロレンゾを呼んで、優しく尋ねた。

「あの娘と噂になっているが、本当のことなのか？」

ロレンゾは、首を振って、「そのようなことはありません」と、涙ながらに否定した。神父もその姿に納得して、日ごろの信心ぶりからも、ここまで言うからには嘘ではないだろうと思った。

神父からの疑いは晴れたが、寺院へ参る人々の間の噂が、そう簡単に途絶えるはずもない。ロレンゾを弟のように思っていたシメオンも、気が気ではなかった。

あるときシメオンは、寺院の庭で、娘がロレンゾに宛てて書いた手紙を拾った。シメオンはロレンゾにその手紙を突きつけて、問いただした。しかしロレンゾは、美しい顔を赤らめてこう言った。

「娘は私を好いていたようで、たしかに私は手紙を受け取りました。しかし、それだけです。話をしたこともありません」

シメオンは、なおも問い詰めたが、ロレンゾは悲しげに、「あなたにも、私が嘘をつく人間に見えるのですか。あなたにだけは信じてほしかった」と言い残して立ち去った。そう言われて、シメオンは、ロレンゾを疑ったことが恥ずかしくなってうつむいていた。

と、そこへ、誰かが走り寄ってきて、シメオンに飛びついた。シメオンが驚いて相手の顔を見ると、それは立ち去ったはずのロレンゾだった。

「私が悪かった。許してください」

ロレンゾは、涙を流して言った。そして、シメオンが何も答えないうちに、また走り去ってしまった。

シメオンには、その「私が悪かった」という言葉が、本当は娘と密通していて、それを詫《わ》びているのか、それとも、シメオンを非難するようなことを言ったことに対してなのか、わからなかった。

その後まもなく、さらなる騒動が起こった。娘が身ごもったというのである。しかも、「お腹《なか》の子の父親は、ロレンゾだ」と、娘は自分の父親の前ではっきりと言ったという。

娘の父親は激怒し、すぐに神父のもとへやってきた。こうなっては、ロレンゾも言い訳のしようがなく、「邪淫の戒め」を破った罪で、その日のうちに破門を言い渡されてしまった。破門した者を寺院に置いておくわけにはいかない。親しくしていた人々も涙をのんで、ロレンゾを追放した。

兄弟のように親しくしていたシメオンは、別離の悲しみよりも、ロレンゾに欺かれた腹立たしさで、ロレンゾの美しい顔を打った。ロレンゾは思わず倒れたが、起き上がると、涙ぐんだ目で空を仰ぎながら祈った。

「神よ、許したまえ。シメオンは、わかっていないだけなのです」

シメオンは、自分の気持ちが伝わらない無力感にとらわれた。もう何をしても無駄だと感じた。そして、暗い表情で、寺院の門を出てゆくロレンゾの後ろ姿を、いつまでも見つめていた。

その後のロレンゾは、物乞いとなり、町はずれの小屋で哀れな生活を送っていた。蔑まれることの多いキリシタンであることも手伝って、心ない子どもにあざけられたり、暴力を振るわれることも度々あった。

さらには、長崎で流行した恐ろしい熱病にかかって、何日もの間、誰に看病されることもなく道端で苦しみ悶《もだ》えたこともあった。しかし、神の深い愛は、ロレンゾに一命をとりとめさせ、山の木の実や海の魚介といった糧を恵んだ。

ロレンゾも、それに感謝して、寺院にいたころと同じように朝夕の祈りを欠かさず、手首の念珠も大切にした。そればかりか、人々が寝静まる夜中になると、小屋を抜け出て、ひそかに寺院を訪れて祈りを捧《ささ》げた。

一方、職人の娘は、ロレンゾが破門されて間もないころに女の子を出産した。さすがに娘の父親も、初孫が憎いはずもなく、娘と一緒に大切に世話をした。

シメオンは、暇ができると娘のもとを訪れて、赤ん坊を腕に抱き、弟のようにかわいがったロレンゾの姿を思い出して、涙を浮かべた。

それから一年ほどが過ぎたころ、長崎の町に思いもよらぬ大事件が起こった。大火事が、一夜のうちに長崎の町の半分を焼き払ったのである。それは、地獄のような光景であった。

火事によって、職人の娘の家も、炎に包まれた。職人と、その娘は、あわてて家から逃げ出したが、赤ん坊の姿が見えない。誰も連れ出せず、家にとり残されてしまったのだ。娘は取り乱し、赤ん坊を助けるために火の中へ入っていこうとして、皆に押《お》し止《とど》められた。風はますます強くなる。周りの人々も、激しさを増す火勢を前に、どうすることもできない。

ロレンゾの子どもが心配で、様子を見にきていたシメオンが、勇敢にも火の中へ入ろうとしたが、あまりの炎の勢いに、家の中へ進むことができなかった。

「これも、神の決められたことだ。あなたの命が助かっただけでも有り難いことだ」

シメオンは娘を諭そうとした。

するとそのとき、「神よ、助けたまえ」と高らかに叫ぶ者がいた。その聞き覚えのある声にシメオンが振り返ると、それはまぎれもなくロレンゾであった。やせ細った顔は、火の光に赤く輝き、黒髪は風に乱れていたが、美しい眉目のかたちは変わってはいなかった。

ロレンゾは、燃えさかる家を見つめたかと思うと、まっしぐらに家の中へ入っていった。シメオンも思わず十字を切りながら、「神よ、助けたまえ」と叫んでいた。

人々は、ロレンゾの行動に驚いて、どよめいた。

「さすがに、子どもへの愛はあるようだ。自分の罪を恥じて、姿も見せなかったくせに、我が子の命を救うために火の中へ入ったぞ」

娘は、地面にひざまずき、一心不乱に祈りを捧げる。火の粉が雨のように降りかかり、煙が顔を覆っても、頭を垂れたまま、ただただ祈っている。

そうしているうちに、人々が再びどよめいた。赤ん坊を抱いたロレンゾが、炎の中から姿を現したのである。しかしそのとき、燃え尽きた梁《はり》が折れ、すさまじい音がしたかと思うと、ロレンゾの姿が見えなくなった。

あまりのことに、人々は目のくらむ思いがした。職人の娘は泣き叫んで勢いよく立ち上がったが、やがて雷に打たれたかのように大地にひれ伏した。ひれ伏した娘の手には、赤ん坊が抱かれていた。焼け落ちる梁に打たれながら、ロレンゾが最後の力を振り絞って赤ん坊を投げたのだ。赤ん坊は、運よく怪我《けが》もなく娘の足元に転げ落ちた。

一方、シメオンの腕に抱かれて助け出されたロレンゾは、地面にゆっくりと横たえられた。彼の命がもう長くはないことは、誰の目にも明らかだった。

ロレンゾは赤ん坊が助かったとわかったのか、少しだけ嬉しそうに微笑んでいた。彼の髪は焼け、肌は焦げて、もう手も足も動かない。

遅れてやって来ていた神父が言った。

「ロレンゾがその身をイエス・キリストのようになげうった行動は、類いまれなる徳行だ。少年の身とはいっても――」

そこまで言って、神父はハッとしたように口をつぐんだ。神父の目から、とめどなく涙があふれ出た。皆が不思議に思い、神父の視線の先――足元のロレンゾをじっと見た。

ロレンゾの胸元、焦げて破れた衣の隙間から、清らかな乳房が露《あらわ》になっていた。

「ロレンゾは女子《おなご》だったのか……。女子は赤ん坊の父親にはなれない。私は、無実の罪でロレンゾを追放してしまったのか……」

それを聞いて、大きな声で泣き出したのは、娘だった。

「この子は、ロレンゾ様の子ではありません。私が、隣の家の者と密通してもうけた子です」

人々は、再び天を焦がす炎も忘れて息をのんだ。

「私はロレンゾ様を恋い慕っておりましたが、ロレンゾ様が、その信心の堅さから、あまりにつれなくされるので、うらむ心が出てしまいました。お腹の子の父親がロレンゾ様だと偽って、私の口惜《くや》しさを思い知らせようとしたのです。それなのにロレンゾ様は、私の犯した罪を憎まれることもなく、命がけで、この子を救ってくださいました。私の罪の重さを思えば、悪魔の爪にかかってこの身が引き裂かれようとも、恨みはいたしません」

やがて娘の懺悔《ざんげ》に耳を傾けていた神父が、厳かに言った。

「悔い改める者は、幸いである。どうしてその幸いな者を、人間の手で罰することができようか。心静かに最後の審判の日を待つがよいだろう」

人々は、誰からともなく頭を垂れて、次々にロレンゾの周りにひざまずいた。すすり泣く声は、娘のものであろうか、それともシメオンのものであろうか。やがて神父が、ロレンゾの上に高く手をかざしながら、厳かに祈りの言葉を述べた。その悲しげな声が止《や》んだ時、「ロレンゾ」と呼ばれた少女は、まだ暗い空の向こうに天国を仰ぎ見て、安らかな微笑みを唇に留《とど》めたまま、静かに息絶えた。

ロレンゾという少女の一生は、ここに書かれたこと以外には何一つ知られていない。なぜ少女が——自分が女子だと告白すれば、邪淫の罪を犯していないと証明できたはずなのに――真実を告白しなかったのか、わからない。少女にとって、より隠さなくてはいけないことがあったのか、それもわからない。

しかし、誰もが知っている。

「ロレンゾ」が最期に見せた姿こそが、「ロレンゾ」の一生の真の姿であることを。

（原作　芥川龍之介　翻案　桃戸ハル）

## 〔スケッチ〕犬を飼う

八十歳の誕生日に、同居している息子夫婦、そして、孫たちが、お金を出しあって、子犬をプレゼントしてくれた。

「ハチ」に「ワン」を足して、「キュウ」と名づけられたその小さな柴《しば》犬《いぬ》の世話をし、散歩に連れていくのは、もっぱら私の役割となった。

おそらく、犬の世話をし、散歩に連れて行くことで、私が家に引きこもることもなくなり、運動にもなると考えたのだろう。

私は、家族のさりげない気遣いに涙した。

その日、家族には内緒で、私は皆へのお礼を買いに出かけた。思いのほか、帰宅が遅くなってしまったため、私は、静かに家に入り、そっとリビングをのぞいてみた。

そこには、私以外の家族全員が勢ぞろいしていた。

孫の一人が、どうやら私のものらしい靴下を指でつまみながらキュウの鼻先にかかげ、そして、言った。

「キュウ、よくかげ！ これが、おじいちゃんのニオイだぞ！ くさいから、すぐわかるだろ？ おじいちゃん、もうボケはじめてるから、どこかに行っちゃったのかもしれない」

そして、もう一人の孫が、厳しく命令するような口調でキュウに言った。

「こんなときのために、お前を飼っているんだからな！」

# オトナバー

そのバーに初めて入った時のことは覚えていない。場所もはっきりとは分からない。でも隆史《たかし》が「バーに行きたい」と念じて歩いていると、ひょいと見つかるのだ。入り口に看板はなく、木製の、ところどころはげている扉があるだけ。その古めかしさが何とも味わい深く、趣を感じる。扉を開けると、もうひとつ扉があり、そこには注意書きが書かれている。


その一、バーの中では紳士的に。

その二、年齢制限はありません。

その三、代金はお気持ちで結構です。

変わったバーだ。特に、最後の「代金はお気持ちで結構です」とは、かなり珍しい。だから、隆史はいつも気持ちとして、五百円をマスターに渡している。少ないかなと思ったが、「またお越しください」とマスターは優しく微笑んでくれる。その笑顔に甘えて、隆史はちょくちょくこのバーに顔を出す。マスターに愚痴を聞いてもらうのが、隆史にとっては、何よりも心の支えになっているのだ。

それにバーというのは、大人になった気分にさせてくれる。少し背伸びをし、緊張して店に入る。店内の香り、落とした照明、BGMのジャズ、ピンと張りつめた空気込みで雰囲気を楽しむ。それがバーの醍醐味《だいごみ》なんだろう。

この日は、先客が二人いた。気の弱そうな中年男と美しく着飾った女だ。

「やあ」

隆史はマスターに会釈をしてカウンターのいつもの席に腰をおろす。そして、「いつもの」と、クールに注文した。マスターは「かしこまりました」とうなずいた。

「マスター、聞いてよ。前に話した鈴木君がさぁ、こっちから視線を投げかけたりして気を引こうとしているのに、何のアクションも起こしてくれないの。もう待ちくたびれたわ」

着飾った女がマスターに恋愛相談をしている。ここでは客の話を聞いているだけでも楽しい。

「もう、こっちから告白しようかな」

女はグラスの氷を見つめながら、ため息をついた。

「そうですね。待っているのはおつらいでしょう。でしたら、それもよいのかもしれませんね」

「マスターもそう思う？」

女はグラスに口をつけた後、いたずらっぽい笑みを浮かべた。

「ところでマスターはどうなの？　女性に積極的にいけるほう？」

マスターは女の問いに苦笑いを浮かべた。

「そうですね。私がお客さんくらいの年齢の時は、それはもう奥手で、好きな女性に声をかけるなんて、まったくできませんでしたよ。その鈴木さんは、もしかしたら……」

「もしかしたら？」

女は首をかしげた。

「若い時の私のようなタイプかもしれません。奥手なんじゃないですか？」

「じゃあ、あきらめないほうがいいかなぁ」

女の口元がほころび、同意を求めるようにマスターを見つめると、マスターは「はい」と優しい笑顔を向けた。

すると、女は勢いよく立ち上がり、「マスター、帰るね」と言って、さっそうと店を後にした。その時、女のなびいた長い黒髪から、甘くいい香りがした。

「すみません。お待たせしました。どうぞ」

隆史の前にオレンジの飲み物を置くと、マスターは頭を下げた。隆史は華奢《きゃしゃ》で細長いグラスに口をつけた。濃いオレンジが苦い。

でも、それがクセになる味だ。

「マスター。前、どこまで話しましたっけ？」

気の弱そうな中年男がマスターに話しかけた。

「たしか、組織の大役を引き受けて、これからが不安だと。期待に応えられるか不安だと」

「実は、不安が的中しました」

中年男はグラスの氷を転がしながら言った。

「やっぱり自分は、人の上に立つ器ではなかったのかもしれない」

中年男性はうつむいた。するとマスターが手を止めた。

「器ですか？」

マスターは、ポツリと言った。そして一枚のスープ皿を取り出し、カウンターに置いた。

「ちなみに、この器は落としたら割れますし、沢山のお水を注げばあふれます」

――どうしてそんな当たり前のことを言うのだろう。隆史はカウンターに置かれた皿を見た。中年男もきょとんとした顔をしている。構わずマスターは話を続けた。

「大役を任されたということは、期待されたということですよね？　今は、その期待とか重圧が重くて、つらいんですよね？　たとえ、どんなに大きな会社の社長さんであっても、最初から社長の器である人なんていないんですよ。それが期待されて、重圧に耐えているうちに社長の器ができ上がるんです」

マスターの言葉に、中年男は何か思いつめたように遠くを見た。そして――

「つまり、僕も頑張って耐えれば、大きな器ができ上がるということですか？」

マスターはこくりとうなずいた。すると、中年男は、力強く「よし、頑張るか」と口にしながら、首を縦に振った。中年男の目に力がわいたのがわかった。

「でもね、もし、それでもダメだって思ったら、逃げたっていいと思いますよ」

マスターは、包み込むような笑顔を浮かべた。

「ありがとうございます。頑張るって言った後にこんなこと言ったら変なんですが、おかげで気が楽になりました」

気の弱そうな中年男は、もう気の弱そうな男ではなくなっていた。中年男は立ち上がって代金を払い、「ごちそうさまでした」と言うとカウンターに背を向けた。

「どうもありがとうございました」

マスターはカウンターから出て、中年男の背中が見えなくなるまで、深々と頭を下げた。

バタンと扉が閉まる音がした。マスターはカウンターに戻り、中年男のグラスを下げ、テーブルをふいた。店内は隆史とマスターの二人きりになった。

隆史はマスターの言葉が気になった。今まで何回かこの店に来たが、「ありがとうございました」とは言われたことがない。そんなことを考えていると、それが伝わったのか、マスターが口を開いた。

「あの方は、もういらっしゃらないですよ」

「えっ？」

「もう迷いが消えていましたから。もうこのバーに来る必要がないんですよ」

たしかに隆史の目から見ても、店を出る時、中年男の顔はあきらかに別人のようだった。

「でも、マスター、寂しいんじゃない」

「さぁ」

マスターはごまかすように言い、磨いたグラスを棚にしまった。あの中年男は、自分なりの答えを見つけたんだな。隆史はそう思った。

「お飲み物はいかがですか？」

空になったグラスを見て、マスターが訊《たず》ねた。

「同じものを」

「かしこまりました」

マスターは、グラスに大きな氷の塊を入れ、慣れた手つきで生のオレンジを搾っている。

「ねぇ、マスター」

「はい」

手を動かしたまま、マスターが返事をする。

「もうそろそろ、ヤバそうなんだ」

マスターは、「そうですか」と静かにつぶやき、「はい、どうぞ」と、隆史の前にグラスを置いた。目の前に置かれたグラスを隆史は手に取った。でも、口をつけない。

「母さんが、もしかしたら死ぬかもしれないんだ。オレは、心配で心配で、友人と遊ぶ気にもならないし、何にも身が入らないんだ」

一瞬、間が空いたが、「そうですか」とマスターが表情を変えずに言った。

「母さんに万が一のことがあったら、耐えられるかどうか……」

マスターの口元を見ると、今度は「そうですか」とすら言わない。

「大人になりたいんだ。マスター、どうすれば大人になれる？」

この言葉にマスターが首をひねった。

「どうして大人になりたいんですか？」

「どうしてって……」

隆史は言葉につまりながらも、自分の思っていることを話した。

「だって、大人になれば悲しくないんでしょ？　悲しいことにも耐えられるんでしょ？　オレがこんなに悲しいのも、まだ子どもだからでしょ？　だって、父さんは、母さんが病気で大変なのに、何事もない顔して会社に行っているよ。母さんは『父さんは、忙しいから』って言ってるけど、母さんより大事な仕事なんてあるの!?」

マスターは返事をしない。店内にはジャズが響き渡る。この泣いているようなトランペットの音は、どこかで聞いた覚えがある。ジャズ好きな父さんが聞いていたのかもしれない。

「さっきのお客様をご覧になりましたよね？」

「重圧で悩んでいたおじさん？」

「そうです。それからその前にいたお嬢さん」

隆史は、あのきれいな女を思い出した。

「それがどうしたの？」

「あのお二人も、あなたと同じ小学生ですよ」

「えっ？　そんなわけないよ。だっておじさんときれいな大人の女の人だったよ」

隆史が目を丸くしていると、マスターは手鏡を渡す。手鏡を手に取り、のぞき込んだ隆史は驚いた。そこにはいつもの自分ではなく、大人の顔をした自分がいたからだ。そして掌《てのひら》を見た。それは思ったよりも大きくて、シワが深く刻まれた大人の手だった。

「バーは、人を大人にするんです。だからここでは姿が変わるんです。でもね……」

「でも、なんですか？」

隆史が尋ねると、マスターはまた微笑んだ。

「小学生も大人も、悩みなんて、一緒なんですよ。あの男性は、小学校の児童会長になったんです。本人はあまり乗り気ではなかったようですが、推薦されて、しかたなしだったみたいです。その重役を果たせるかどうか自信がなかったんですね。また、その前にいた女性は、恋の悩み。これは子どもも、何ならお年寄りも同じなんです。恋の悩みって、何歳でも同じなんです。不安なんです。怖いんです」

そういうものなのか。恋についてはまだ分からないな。隆史はそのまま耳を傾けた。

「大人だって不安なんです。悲しい時は悲しいんです。でもね、どう過ごすかなんです。あなたのお父様も不安なんです。悲しいんです。あなたと一緒です」

「父さんも一緒？」

「そうです。お父様も、泣きたいんです。それなのに、なぜ、お父様が悲しみを我慢しているかわかりますか？　それは、あなたがいるからです。あなたの前では泣いてはいけないと思って、必死に涙をこらえているんじゃないですか？」

隆史は言葉を失った。そしてここ最近の自分の無気力さを思い出して情けなくなった。自分は、母さんのことを言い訳にしていた。そんな自分の姿を、母さんが喜ぶはずもないのに。

「マスター、帰ります」

隆史はいてもたってもいられなくなり立ち上がった。そして握りしめていた五百円玉をカウンターに置いた。

「また来ますね」

隆史が頭を下げると、マスターは渋い顔をしただけで無言だった。

隆史が不思議そうな顔でいると、マスターがカウンターから出てきた。

「どうもありがとうございました」

深々と頭を下げるマスターに隆史は背を向けた。ドアノブに手を触れた時、振り向こうかと思ったけれど、名残惜しくなりそうだからそれはやめた。

もう自分には、このバーを見つけることはできないのだろう。

バーから出ると外は夕暮れ時だった。

バーで見た大人の自分を思い出し、隆史は掌を見た。いつも通りの小さな掌が少しだけ大きく感じた。


（作 塚田浩司）

# ［スケッチ組曲］一冊の本

## 人生の図書館

男は、ようやく探していた図書館を見つけた。

その図書館には、無数の本が収蔵されている。それらの本の一冊一冊には、世界中の人々の人生――その誕生から死までが、記されているという。

男は、自分の人生を回想した。

実は男は、気づいたときには、一人で生きていた。

彼には、子どもの頃の記憶がなかった。その記憶を取り戻すため、男は、この図書館を訪れたのである。

検索カードに自分の名前を書き、司書に渡す。しばらくすると、司書が一冊の本をもってきて、男に渡した。

自分の過去を知ることが怖かった。しかし、自分が何者かを知らないでいることは、もっと怖ろしかった。

男は、勇気を出して、本の表紙を開き、ページをめくった。

――驚くことに、本は、四九ページから始まっていた。一～四八ページが、ごっそり抜けているのだ。

男は、強い調子で司書に抗議した。しかし、司書は、悪びれる様子もなく答えた。

「あー、落丁か、誰かが切り取ったかですね。たまにあるんですよ。でも、ここにある本は、世界で一冊だけの本ですから、代わりの本は、ありませんよ」

# 人生の結末

「落丁で、ページが抜けている？　ふざけるな！」

男は、司書を怒鳴りつけた。

「なら、もう過去はいい。未来は、どうなっているんだ？」

男は改めて、自分が持っている本を見た。途中から、ページが綴《と》じられ、開けないようになっている。直前のページには、「男が司書を怒鳴りつけるシーン」が書かれていた。

男は綴じられていたページを破り、中を開く。そこから先は、白いページが続いていた。この本は、未来を予言する本ではなく、起こった出来事が、どんどん記されていく本なのだろう。

男は、はたと気づいた。ならば、自分で未来を書けばいい。男は、何日もかけて、自分の「理想の未来」を書きつづった。

司書は、そんな男の行動を止めることもせず、冷ややかな様子で見ていた。

図書館を出たあと、男の人生は、彼の思う通り——本に書いた通りになった。

使い切れないほどのお金が手に入った。美しい女性と結婚し、幸せな家庭を築いた。権力をほしいままにし、多くの人々から尊敬された。

しかし、それから数年後、男は、ふたたび図書館を訪れた。

「あのとき、私が書いた未来を消せないだろうか？」

司書は、無表情な顔で首を横に振った。

「一度、書いたものを消すことはできません」

「私は、この先も、何が起こるかわかった、一度読んだ推理小説を読み直すような、ドキドキも緊張もない、人生を生きなくてはいけないのか……」

司書は哀れむように、一つだけ方法があると言った。

「本のページを破り捨てれば、リセットすることができますよ。かつて、あなたがそうしたように。ただし、記憶も失うことになりますがね」

# サイレント・ナイト

街が浮かれる季節がやってきた。この季節、外を歩けば、あらゆるところからクリスマスソングが流れてくる。大人も子どもも、言うまでもなく恋人たちにとっても、その日を二人でどう過ごすかを想像するだけで幸せに満たされる、特別なシーズンである。

しかし、藤木《ふじき》華《はな》はおおいに不満だった。

「バイトねぇ……」

腕を組んでつぶやいたのは、中学以来の友人である宮野紗月だ。

「クリスマスにバイトって、ふつう、やりたがらないと思うけどなぁ」

「ウチのお兄ちゃん、彼女と付き合う前は、やってたよ。時給がいいんだって」

「それは、彼女がいなかったからでしょ？」

紗月に続いて感想を口にしたのは、同じく、中学から一緒の森エミと桜木詩都花だ。

高校二年の二学期も終わりに近づいた今日、華は、思いきって紗月たち三人に相談があると声をかけた。中学時代から、よく恋バナを語り合った仲である。「彼氏とのことなんだけど……」と華が話を持ちかけると、すぐに紗月たちは時間を割いてくれた。

こうして放課後に立ち寄ったカフェにも、ジャズテイストにアレンジされた「きよしこの夜」が流れている。明後日《あさって》は、いよいよクリスマス・イヴだ。

「なんで、直哉《なおや》はバイトなんて入れてるのかなぁ……」

そう言って、華はテーブルにつっぷさんばかりに、うつむくのだった。

九條《くじょう》直哉は、華が高二になって付き合い始めた、初めての彼氏だ。

学校の成績は中の中くらいだが、頭の回転が速く明るくてノリもいいため会話がおもしろく、直哉は、かなり女子人気が高い。何気にライバルが多かったので、付き合うまでには、華はかなり積極的なアプローチをした。

そんな直哉と初めて迎えるクリスマス。デートはどうしようか、食事はどこで食べようか、プレゼントは何を贈ろうかと、華はわくわくしながら直哉に当日の予定を聞いた。

　すると、返ってきた答えがこれである。

　――あ、ごめん。オレ、二十四日も二十五日も、一日中バイトが入ってるんだ。

「彼女がいるのに、ふつークリスマスに連続でバイト入れる!?　エミのお兄さんは？」

「お、お兄ちゃんは、瑠美《るみ》ちゃんと付き合いだしてからは、毎年、瑠美ちゃん――彼女と二人でイルミネーション見にいってる……」

「紗月は!?　彼氏いたよね？」

「あ、うん……。クリスマスディナーを予約してくれてるって、亮介《りょうすけ》が」

　自分で聞いておきながら打ちのめされた表情になった華が、「ほらぁ、やっぱりー！」とヒステリックな声を上げた。

「おっ、落ち着いて、華ちゃん……！」

　感情のやり場をなくした華が、おしぼりをギュウギュウしぼり始めたのを見て、エミが止めに入る。ふーっと鼻から息を吐いて、ようやく華は、おしぼりを置いた。ただそれは、落ち着きを取り戻したわけではなく、別の方向に落ちこんだだけだった。

「じつは前も、似たようなことあったんだ……。直哉の誕生日、ちょうど土曜日だったし、あたしは二人でお祝いしたかったんだけど、その日も直哉ったら、朝から夜までずっとバイト入れちゃっててさ。『オレ、誕生日ってわざわざ祝ってもらわなくても大丈夫だよ。華と会ってるときは、いつも「笑顔」っていうプレゼントをもらってるからさ』って。あたしは、ちゃんとお祝いしたかったんだけど……」

そう言って、今度はおしぼりの角を、もじもじとイジり始める。

「記念日に興味がない人ってこと？」

詩都花の言葉に、うーん、と華は煮えきらない。

「でも、あたしの誕生日は祝ってくれたんだよねぇ……。平日だったんだけど、夜は一緒に食事して、別の日に改めて『一緒にプレゼント買いにいこう』って言ってくれて、それでプレゼントももらったよ」

話しているうちに、どんどん華の表情がニヤけていくのを、詩都花は微笑ましい気持ちで見つめていた。

しかし、そんな表情をしたのも短い時間で、「でも……」とふたたび華の声が沈む。

「クリスマスは、別じゃない？　あたし、初めての彼氏だし、特別な思い出にしたいのに……でも、直哉はそうじゃないのかなぁ……あたしがひとりで、浮かれてるだけなのかなぁ……」

「華ちゃん……」

隣に座っていたエミが、華の腕にそっと手をそえる。力なくうなだれてしまった華が、そのまま泣き始めるのでは、と三人が不安に思ったときだった。

「記念日に対する価値観の違いじゃなくて、浮気だったりして」

「え？」

紗月の一言に、華が弾《はじ》かれたように顔を上げた。「ちょっと紗月！」と、詩都花がとがめる声を上げる。しかし、華本人は、紗月の失礼な憶測を否定しなかった。心のどこかで、そのことを想定していたのかもしれない。

ゆっくりと顔を上げた華に、三人は、そろってギョッとする。華の瞳の奥深くには、夜よりも暗い闇がひそんでいた。

「誕生日もクリスマスも、別の女と過ごしてたりしたら、あたし絶対許さない」

「あ、えっと、あくまで、その可能性もなくはないってことだよ？」

「もう遅いよ、紗月」

とりつくろうように言った紗月を、詩都花が横からひじで小突く。しかし、華はそれを見ていなかった。ただ、覚悟を決めた表情で拳を握りしめる。

「あたし、直哉が浮気してるかどうか、確かめる」

「確かめるって……クリスマスに、ほかの女の子と会ってる証拠を探すってこと？」

エミの問いかけに、華がコクリと深くうなずいた。

「どこでバイトするのか、直哉からは聞き出してあるの。最初は言いたくなさそうだったんだけど、何度も聞いたら、白状した」

「白状した」なんて、完全に容疑者——いや、もはや犯罪者扱いである。華によると、直哉は、駅前でクリスマスケーキを売るバイトだと答えたらしい。

「だから、駅前に張りこもうと思う。直哉がそこで働いてなかったら、ウソをついてるってこと。ウソをつく理由は浮気しかない。確定よ！」

華の瞳には、燃え上がる炎が揺れている。中学生のころから華は感情の起伏が激しいタイプではあったが、恋愛ごとになると、その性質がさらに顕著になるらしいことを、三人は理解した。

それと同時に、心配になってくる。もし——もしも、クリスマスに直哉が駅前でバイトをしていなかった場合、その場で華は、平常心を保っていられるのだろうか。

だからこそ、三人はほとんど同時に、あるアイデアを思いついた。ただ、言葉にしたのは紗月が一番先だった。

「ねぇ、はなっちが、もしもイヤじゃなかったら、わたしたちもついていこうか？」

「え？」

「亮介との約束は夕方からだから、それまでだったら、一緒にいられるよ」

「私も協力するわ。クリスマスの駅前なんて、ごった返してるから、みんなで探したほうが彼を見つけやすいわよ、きっと」

「華ちゃんがそれでいいなら、あたしも手伝うけど……」

そう言った紗月と詩都花とエミを順番に見つめて、華がしきりにまばたきをした。しばらくして、また感情の波がきたのか、ふいに目を細めた華が半泣き顔で隣のエミに抱きつく。華より小柄なエミはされるがままになりながらも、華の背中をあやすようになでて、詩都花と紗月に視線を送るのだった。

そして、十二月二十四日がやってきた。待ち合わせ場所にしたのは、華の家だ。

「みんな、ごめんね……。せっかくのイブなのに」

今さら気をつかってくる華に、三人は、なんでもないというふうに笑いかけてから、駅に向かって歩きだす。

「私は、夜にホームパーティーがあるだけだから。準備もぜんぶ、お母さんが進めてるし」

「ウチも、お兄ちゃんがいないだけで、似たような感じかな。ケーキは夜中のうちに作っちゃったし、チキンの下ごしらえもすませてきたから、大丈夫！」

「わたしも、このまま亮介との待ち合わせに行ければ問題ないから」

夜のクリスマスデートにむけて、いつもよりオシャレをしている紗月をチラリと見て、華はまたもや「ありがとぉ……」と、泣く寸前のように震える声をこぼした。

「ほら。わたしたちがついてるから」

紗月の言葉に、すでに潤んでいた目もとをぬぐって、うん……と華が顔を上げる。

彼のことが大好きな華の純粋な心が、どうか聖なるこの日に傷つかずにすみますように……そう、三人は願った。


駅前は、予想どおりの大混雑だった。広場の木々はクリスマスらしいオーナメントできらびやかに飾られ、まだ昼前の早い時間だというのに、電飾まで施されている。どこからともなく流れてくるメロディーは、明るい時間帯を意識しているのか、アップテンポの「ジングルベル」。

そんな陽気な空気感とは裏腹に、四人は願うような思いで広場を見回した。どうか、華の彼氏がアルバイトをしていますように——ただの思い過ごしでありますように、と。

「どのあたりかな……」

「とにかく、探してみよう」

直哉の「白状」が正しければ、ここでクリスマスケーキの販売を行っているはずだ。「駅前」というのが、どの範囲を指すのかわからないが、ひとまず、駅の南口にある広場には、それらしい売り場も、客を呼びこむ声もない。

「反対の出口のほうかもしれないわね」

「行ってみよ！」

南口から北口へは、駅の構内を抜けて行くことができる。四人は構内へと足を急がせた。

「あ！」と声を上げて立ち止まったのは、先頭に立っていた紗月である。

「待って！　見て、あそこ」

そう言って紗月が前方を指さす。それにならった三人も、同時に「あ」と声をもらしていた。

改札の正面にあたる場所に、「クリスマスケーキ販売中！」ののぼりが立っている。その横には大量の箱が積まれており、サンタクロースの格好をした売り子とトナカイのツノをつけた売り子が、若々しい声を張っていた。

「直哉……」と、まばたきも忘れた瞳でケーキ販売のスペースを見つめていた華が、つぶやいた。

「えっ」

「あそこにいるの、華の彼氏？」

「うん……サンタさんの格好をしてるほうが、直哉……だと思う」

詩都花の問いに、半ば放心状態で華が答える。詩都花、紗月、エミの三人は、改めて、サンタクロースの衣装でケーキを売っている若者を見つめた。

直哉も同じ高校の生徒なので、校内で見かけたことはあるが、とくに親しいわけではないので、サンタクロースの白いヒゲをつけている状態では、よくわからない。それでも、よくよく目をこらすと、サンタクロースの目もとに覚えがあるような気がしてきた。

「たしかに、はなっちの彼氏かも……」

「直哉、本当にバイトしてたんだ。一生懸命、働いてる……」

「……てことは、華ちゃんの彼は、ウソはついてなかったってことだよね？」

「そうね。浮気っていうのも、華の思い過ごしよ」

「もしかしたら、バイトして貯めたお金で、はなっちへのクリスマスプレゼントを買おうとしてるんじゃない？」

「え……」

きっとそうだよ、よかったわね、と、エミと詩都花が華の肩に左右から手をのせる。安堵《あんど》のせいか早くも涙声になった華が、「うん……」とうなずいたときだった。

「直哉くーん！」

弾けるような声が上がり、華たちが立っているのとは反対の方向——駅の北口のほうから、一人の少女が構内に駆けこんでくるのが見えた。

いったい何事かと棒立ちになる華たちの前で、駆けてきた小柄な少女が、なんと、サンタクロース姿の直哉に、ぴょんっと跳ねて抱きついた。ふたつにしばった髪が、まるでウサギの耳のようだ。

その瞬間、華がビキッと音を立てて凍りつくのを、紗月たちは見た。同時に、小柄な少女に抱きつかれた直哉が、とたんにあたふたし始める。

「なっ、ちょっ、えっ……！　まどか、なんで……！」

「ウサギ耳」の少女は、天真爛漫《てんしんらんまん》な声で続けた。

「直哉くんが、クリスマスはずっとバイトで、デートもできないって言うから、まどか、ひどい！　って思って……もしかして違う女と会ってるんじゃないかって不安になって、尾行しちゃったの！　でも、よかったぁ……。直哉くん、ほんとにバイトだったんだね。浮気じゃなくて、ほんとよかったよー！」

甘ったるい声でそう言って、まどかと呼ばれた少女が、ぐりぐりと直哉の胸に頭を押しつける。構内を行き交う人たちの視線がさすがに気になるのか、「ちょっと、離れて……」と直哉がまどかを押しのけようとするが、少女はしがみついたまま離れない。トナカイのツノをつけたほうの売り子も、呆《あき》れたように口を開けている。

「ねぇねぇ！　これ、どういうこと!?」

「どうって……」

エミにコートのすそを引かれながら、紗月も、さすがに言葉にならないらしい。どうしたものか、四人が手をこまねいていると、目の前でさらに信じられないことが起こった。

「ちょっと、九條くん。誰なの、その子」

まどかの甘い声とは対照的な、凛《りん》としたハリのある声が聞こえてきた。

つかつかと直哉のほうに歩み寄ったのは、切れ長の目をした、知的な印象がただよう少女だ。彼女も、まどかも、おそらく高校生だろう。そして、同年代の二人の少女まっていた。サンタクロースの衣装もあいまって、その姿はひどく滑稽だ。

なるほどね……と、知的な少女が切れ長の目をさらに細めて、鋭く光らせる。

「クリスマスのアルバイトは、『かくれみの』だったっていうわけね」

「あ、いや、違うんだ、あきほ……！」

あきほと呼ばれた少女は軽く首を横に振り、直哉の言葉に耳を貸そうとしない。

「どちらかにしぼると浮気がバレるから、クリスマスや自分の誕生日は、いっそ誰とも会わずにアルバイトをして、アリバイを作るってことね。デートを見つかるリスクもないし、浮気がバレる確率は下がるかもしれないけど……それにしたって、ツメが甘いんじゃない？」

いっそう鋭くなったあきほの視線が刺さったのか、ぐ……と、直哉がノドからつぶれた声をもらす。それを見たあきほが、ふぅ……と冷たい息を吐く。

「もう別れましょうか。九條くん」

「なに言ってるんだよ、あきほ！　一番大事なのは、おまえだよ。まどかとは、そんなんじゃないから……！」

「ちょっと、直哉くん！　それ、どういうこと!?　なんなの、この女!!」

「まどか、今度ちゃんと説明するから――」

「今ここで説明してよ！」

修羅場が生まれる瞬間を目の前に、紗月たちは動けない。

「ねぇ、これって、どういうこと？」

「どうって、まぁ……」

その先を言葉にすることを、紗月は躊躇した。どうもこうも、あきほという少女が今しがた直哉に突きつけた言葉が、真実なのだろう。問題は、それが華にどう響いたかである。

三人は同時に、ちらりと横目で華をうかがった。すると、ふだん感情的な華が取り乱すこともなく、じっと直哉を見つめて立っている。いつもと違って無表情なのが、逆に怖い。

「は、華？」

詩都花が、おそるおそる声をかけると、ようやく華の表情が動いた。ふっ、と、唇の端だけで、どうやら笑ったらしい。

「浮気をされているどころか、あたし自身が浮気相手だったってことだよね。しかも、二股じゃなくて三股だなんて……あー、もう！　ごめん、みんな！　大切なクリスマス・イブに、こんなバカらしいことに付き合わせちゃって」

「あ、ううん……それは、ぜんぜん……」

「それより、はなっち……大丈夫？」

気づかう三人に、華がにっこりと笑顔を向ける。

「好きな人だったら、怒ったり泣いたりしたと思うけど、もうそんな気持ちもわいてこないから、大丈夫だよ」

抑揚のない声でそう言って、華はすたすたと歩き始めた。改札前では依然として、二人の少女に詰め寄られた直哉が、青い顔で言い訳なのかなんなのか懸命に口を動かしている。

黙々と歩いていく華の背中を、詩都花と紗月とエミの三人は、ごくりとノドを鳴らして見つめた。

ときとして「沈黙」は何よりも雄弁に物語ることがあると、誰かが言っていた。今夜は四人の少女たちにとって、静かでありながらも忘れられない「サイレント・ナイト」になるだろう。


（作　橘つばさ・桃戸ハル）

# ［スケッチ］前前前世の記憶

僕には、はっきりとした前世の記憶があった。前世、僕は武家の次男で、好きな女性がいたのだが、身分の違いで、結局、結婚することはできなかった。

生まれ変わった僕は、ずっと彼女を探している。きっと彼女も、同じ時代、同じ国に生まれ変わっているに違いない。根拠はないが、そう思えたのだ。

ある日、僕は、とうとう彼女を見つけた。顔は前世とは違っていたが、一目で彼女とわかった。

目の前に現れた僕を見て、彼女は驚いていた。彼女も、きっと前世の記憶を持っていて、直感的に僕だとわかったのだろう。

しかし、彼女は、僕を見るなり、突然、走り去ろうとした。

僕は、あわてて彼女の腕をつかんだ。

「待って！　僕のことを覚えていない？　前世で、君と愛し合い、結婚の約束までした、新之介《しんのすけ》だよ。なぜ逃げるんだ⁉」

彼女は、何かを恐れるかのように、顔をひきつらせ、震える声でつぶやいた。

「また……、また私の首を絞めて、殺すの？」

彼女にそう言われて、僕ははっきりと思い出した。

両親に結婚を反対され、「あの世で添い遂げよう」と言ったものの、心中を彼女に断られ、嫌がる彼女の首を絞めて殺し、無理心中したことを――。

# 復讐《ふくしゅう》

はじまりは、ひとつの悲劇だった。

男は、息子を亡くした。息子は、就職してまだ数年しか経っていなかった。ビルの屋上から落ちたことによる転落死で、警察は自殺と断定し、捜査は打ち切られた。

しかし、父親である男には納得できなかった。息子が自ら命を絶つなんて、考えられなかったし、信じたくなかったのである。警察は頼りにならない。男は自分の手で、息子の死の真相を調べることにした。

探偵を雇った。会社に勤めはじめてからの息子の足跡を自らたどりもした。男は真相を知るために、ありとあらゆる手を尽くした。どれだけ時間がかかっても、周囲が止めようとしても、男はあきらめなかった。そして、執念とも言うべき父親のその行動が、ついに真相をあぶり出した。息子が死ぬに至った経緯がわかったのである。

息子は自殺ではなく、殺されていた。しかも黒幕は、息子が必死に就職活動をして入った大企業の社長だった。

男は信じられない思いだった。なぜならその社長は、慈善事業に熱心な人格者としても知られており、息子はまさに、彼のそういう点にひかれて就職したからだ。まさかそんなはずは、と疑いながら、男はさらに詳しい調査を進めた。すると、予想外のことがわかったのだ。

「あの男が人格者？　とんでもない。あいつは、悪魔みたいな男ですよ」

息子と同じその大企業に勤める社員たちの間から、そんな声がいくつも聞こえてきたのだ。

慈善事業をする陰で弱小企業から金を搾取しているだとか、自分の懐ばかりを潤しているだとか、自分の罪を隠すために社員を身代わりにしているとか、邪魔な人間は殺し屋を雇って始末しているとか……そんな人間、フィクションの世界にしかいないのでは、と思うような悪人像があぶりだされた。そして、人々の恨み辛《つら》みは集めてみるとキリがなかった。社長を憎んでいるのは、男だけではなかったのである。

そして、社長のせいでひどい目にあったという人々は、はっきりと口をそろえた。

「あんな極悪非道な男、自分も許せない。もし、あいつに復讐するなら、喜んで協力しますよ」

こうして多くの同志を得た男は、社長に復讐することを決意した。息子はあいつに殺されたのだから、自分があいつを殺してやる。男はそう考えた。最初は社長の悪事の一部始終を社会に告発してやろうと思ったのだが、金や権力で揉《も》み消《け》されてしまう可能性がある。やはり、あいつを生かしておくことはできない。社長を殺せば、自分が殺人罪で逮捕されることは、男も承知のうえである。むしろ、逮捕されれば裁判になるだろう。そうすれば、裁判で社長の悪事を訴えることができる。男は、自らを犠牲にして、憎き社長の化けの皮をはがし、息子の無念を晴らすことに決めた。

男は念入りに計画を立て、社長に恨みを抱く何人かの人々の協力も得て、復讐を実行する算段をつけた。社長が国際会議場で、「企業が世界の環境問題のためにできること」という講演を行う日が、決行日だ。ふだんは何人も護衛をつけている社長だが、講演のときは演壇で一人になる。こんな絶好の機会をみすみす逃す手はない。男は、その講演会を最前列で見る手はずを整えた。同志の一人が手配してくれたのだ。講演会の案内状を手に、男は、運命の日が訪れるのを指折り数えて待ち続けた。

そして、運命の日が訪れた。

男はスーツに身を包み、国際会議場に向かった。すぐに会場に入ってもよかったが、まずは、社長がどんな顔をしてやってくるのかこの目で見ておきたいと考え、会議場の入り口が見通せる場所に立った。ぎりぎりと、男は拳をにぎりしめた。

間もなく、警備員たちが立つ国際会議場の入り口に、やたらと長い白塗りのリムジンが横づけされる。運転手が即座に降りてきて、せかせかとした足取りで後部座席に回り込み、ドアを開けた。

ぴかぴかに磨かれた靴が、ぬっとドアの隙間から現れた。降りてきた社長は、六十代とは思えないほどの体格で、鳩胸《はとむね》の体に海外ブランドの高級スーツが嫌みなほど似合っていた。

会場に向かって悠然と歩く社長を、男は鋭い目でにらみつける。護衛に囲まれて、どんどん入り口に向かってゆく社長の背中に今すぐ飛びかかりたい衝動を、男はなんとか抑えた。

まだだ。今はまだ失敗する可能性が高い。決行するのは、講演会が始まってから。あいつが油断した隙をとらえ、息子の名を呼びながら、あいつに躍りかかるのだ。

一歩、また一歩。社長が高級な革靴を会場に運んでゆく。顔には、この世のすべてが自分のものであると確信しているかのような、品のない、ゆるみきった笑いが浮かんでいる。

そのとき、爆音が上がった。黒煙が空へと噴き上がり、大蛇のように伸びていく深紅の炎が、地面や建物を形づくっているコンクリートを宙高く舞い上げた。煙の黒と炎の赤。毒々しいまでのコントラストに、純白のリムジンは一瞬でのまれた。会場に向かっていた社長の姿も、何人かの護衛の姿も、もはやそこには見つけられない。

男もまた爆風を浴びて、十数メートルも後方に吹き飛ばされていた。地面に倒れたまま、耳元で巨大な鐘を鳴らされたかのように、ぐわんぐわんと不快な音が鳴り響く。その音に、何人もの悲鳴や叫び声が折り重なって、阿鼻叫喚《あびきょうかん》の旋律が奏でられていた。

ゆがむ視界の中に大破した国際会議場を映しながら、男は、「講演会はどうなるんだろう」と、的はずれなことを思った。

社長は死んだ。彼についていた護衛や、会場のガードマン、さらには講演会を聴きにきていた一般市民も十数名が命を落とした。この事件は、ある宗教の過激派組織による無差別テロであると断定された。社長個人をターゲットにしたわけではなく、ただ単に大勢が集まる場所を狙った犯行だったらしい。

青空を粉砕するような非人道的なテロ行為に、報道は過熱した。なんの罪もない市民が数多く犠牲になったことを国中が悼み、テレビでは犠牲者をしのぶ特番がいくつも組まれた。その中では、社長の人生までもが美しく語られた。

病室でその番組を見た男は愕然《がくぜん》とした。オモテの顔は人格者として名前が知れ渡っていた社長がテロによって爆死したことはセンセーショナルに違いなく、話題になるのは理解できる。男が理解できなかったのは、社長について語る人々の言葉だった。

「あの人は、本当に尊敬できる人でした。あれほど慈愛に満ちた人はいませんよ」

「惜しい人を亡くした、というのは、こういうときに使う言葉なのでしょうね……」

「若い頃からの付き合いですが、彼は、苦労人なんです。情熱の力で夢をかなえ、それが、報われたと思ったのに、まさかこんなことに……。犯人を憎みますよ。彼を返せと言ってやりたい」

社長は素晴らしい人物だった。この国に必要な人だった。あんな傑物はもう二度と現れないかもしれない。彼を失ったこの国は、どうなってゆくのだろう……。

インタビューに答える人はみな、目に涙を浮かべてそんなことを語ったのである。

そこには、社長の非道ぶりを男に語った人々の姿もあった。

男は、入院中の病院のベッドのなか、包帯の巻かれた手で顔をおおった。

息子の復讐を自らの手で果たすことのできなかった虚無感。

悪人なのに、死んだとたん、神のようにあがめられてしまうことの理不尽さ。

そこに自分が何を叫んだところで誰も聞いてはくれないのだろうという無力感。

あれだけ同情的で協力的だった同志に、手の平を返された孤独感。

ありとあらゆる感情が、男の胸を内側から破らんばかりの勢いで、あふれ上がってきた。

ぎりぎりと拳をにぎりしめる。手の平に爪が食い込み、鈍い痛みとなったが、男はかまわず拳を振り上げた。しかし、叩きつける相手も見つからないまま、拳はむなしく男の膝を叩き続けることしかできなかった。絞り出すような声だけが、一人きりの病室に響いていた。

「俺の息子を……俺の復讐を返せ！」


（作　桃戸ハル・橘つばさ）

# ［スケッチ］復讐者

父親を裏切り、騙《だま》し、死に追い込んだ父親の元部下の男に、残された子どもが食ってかかった。

「俺は、お前を許さない。絶対にお前を騙し、父さんと同じ目にあわせてやる！」

男は、余裕の笑みを浮かべて言った。

「やれるものならやってみろ。返り討ちにしてくれるわ！」

それからのち——。男は自分の結婚式の日、あの子どもが、遠くから式の様子をうかがっていることに気づいた。

また、新会社の社長就任式の日には、もう「子ども」とは言えない年齢のあいつが、じっとこちらを観察していることに気づいた。まだ俺を狙っているらしい。

父親を奪われた子どもは、立派に成長して大人になっていた。彼は、結婚して家を出た妹と久しぶりに会い、話し込んでいた。

「お兄ちゃん、まだやっているの？　復讐者ごっこ」

「あぁ。一応、奴《やつ》の人生でイベントがあるときには、奴が気づくところから、じっと見ているよ」

「趣味悪い。『騙す』とか、大きなこと言って、結局、何もしてないんでしょ？」

「あたり前だろ。あんな奴のために犯罪者になれるか。でも、じっと見ることに意味があるんだよ。奴、騙されることをおそれて、誰も信じられず、家庭も崩壊したし、会社でも孤独で、精神的にもかなり危ないらしいぞ。

それに、『騙す』って言っておいて、特に何もせず騙さないことだって、『騙した』ってことになるんじゃないか？」

# 冷静な夫

サヤカは、同じ部署で働く先輩であるコウジの、冷静沈着な姿に惹《ひ》かれた。コウジの冷静さを「冷たい」と悪くとる人もいるが、サヤカにとっては、「クールで格好いい」姿に映ったからだ。

男にありがちな、つまらない見栄《みえ》や慢心、そして、そこからくる偏見が、コウジにはない。男女の差によって差別することはないし、たとえ若い人間の言うことでも、正しいと思ったことは素直に受け入れる。そんなところも、サヤカがコウジを意識するきっかけになった。

二人の交際は、サヤカの告白からはじまった。サヤカから交際を申し込んで付き合い始めても、コウジは、それまでと何ら変わりなく紳士的に振る舞ってくれた。年齢の上下や、どちらが先に好きになったなんてことは関係なく、対等な付き合いをしてくれる。デート先に選ぶ場所やプレゼントにもセンスが光っている。とっくに恋に落ちてはいたが、サヤカは会うたび、コウジに新しく恋をするような気持ちになった。

交際がはじまってから結婚するまでは、ほんの数ヵ月だった。

「これ以上長く交際しても、僕らの関係は変わらないよ。それなら結婚しよう」

交際の言葉は、サヤカからだったが、プロポーズの言葉はコウジからだった。二人で暮らし始めたのは、郊外に建つ小さな一軒家だ。

「子どもは、二人ほしいな。男の子と女の子が一人ずつだと理想的。でも、まずは元気に生まれてきてくれることだね。家族みんなで、幸せになりたいな」

サヤカは、この人となら、「幸せな人生」を送れるに違いないと思った。


しかし、結婚して間もなく、サヤカの胸に小さな違和感が生まれた。コウジは、家事を基本的にサヤカに任せていた。それは、コウジらしい合理的な役割分担で、彼が家事をサヤカに押し付けていたわけでも、サヤカがそれを不満に思っていたわけでもない。「違和感」の原因は、別なところにあった。

「――それでね、隣の奥さん、旦那さんと大ゲンカしちゃったんだって。結婚記念日を忘れて友だちと飲みに行かれたら、それは怒って当然だよね」

ある日、雑談の中で、サヤカがそんなことを話すと、コウジは牛乳をコップに注ぎながら、表情を動かすことなく答えた。

「でもそれは、夫婦間で認識の共有が足りてなかった可能性があるよね。隣の奥さんは旦那さんに、この日は結婚記念日だから予定を空けておくようにって、ちゃんと言ってたのかな？　そもそも、『結婚記念日は二人で過ごす』ってことを、きちんと約束していたのかな？　サヤカも、もし僕にしてほしいことがあったら、先に言っておいてね」

サヤカは、ただ、「へぇー、隣の奥さん、かわいそうだね」と共感してほしかっただけで、裁判官からの「判決」を聞きたいわけでも、科学者からの「答え」を知りたいわけでもなかった。

サヤカの違和感は、コウジがあまり共感してくれない点にあった。

「友だちがインフルエンザにかかったの、高熱が出て、大変みたい」

「予防接種をしていないからじゃない。サヤカ、伝染《うつ》されてないといいけど」

決して、冷たいわけではない。

「お気に入りのカップが割れちゃって、マユちゃん、大泣きして大変だったんだって」

「食器は、割れる可能性があるんだから、お気に入りなら、二つ買っておけばいいのに」

決して冷たいわけではないが、かつてコウジのことを「冷たい」と言っていた人の気持ちが少しわかる気がした。コウジの言葉は、あまりにも冷静すぎて、たまにコウジの人となりがわからなくなることがあるのだ。

それでも、サヤカはコウジのことを変わらず愛していた。サヤカもコウジに愛されている、という自覚があった。「人となりがわからない」なんてことを不満に思ったら、バチが当たる。自分がわかる努力をすればいいのだ。

――わたしは幸せ。これで、子どもを授かることができれば、もうそれ以上の幸せはない。

サヤカは、そう思っていた。しかし、「子どもを授かること」はなかった。

――コウジが、私を愛してくれているのはたしかだ。でも、生まれてきた子どもを、私と同様に愛してくれるかしら。

サヤカには、そんな一抹の不安もあった。もしかしたら、そんな不安な気持ちがあるから、子どもを授からないのだろうか。そんな馬鹿げた考えが頭に浮かんでしまう。あるとき、サヤカはコウジに提案した。

「ねぇ、ハムスターとか小鳥みたいな、小さなペットを飼ってみない？　二人だけの生活も楽しいけど、ペットがいたら、もっと楽しくなる気がするの」

コウジは、一瞬だけ困ったような表情になったが、すぐに笑顔でうなずいてくれた。二人は、さっそくペットショップでハムスターを買い、「ハム助」と名づけて飼い始めた。

悪い予感に反して、コウジはハム助をかわいがった。こまめにケージの中を掃除し、ハム助がヒマワリの種を食べる姿を愛おしそうに見つめ、スマホで撮影し、成長する姿を記録した。

その姿は、まさに、愛する子どもに接するときのようでもあり、サヤカはしだいに、かつて感じていたコウジへの不安を忘れていった。

ハム助を飼い始めてから一年経った頃、突然不幸が訪れた。

日曜日の朝、起きてみると、ハム助がケージの中で動かなくなっていたのだ。

すぐにコウジを起こし、状況を伝える。コウジは呆然として、固くなったハム助を見ている。ハム助が死んでいるのは明らかだ。

ハムスターの寿命は、二年くらいと聞いていた。決して長い寿命ではないが、まだ飼い始めて一年だし、昨日まで元気にケージの中で動きまわっていたから、こんなに突然死んでしまうなんて考えられない。

我が子のようにかわいがっていたハム助の死に、サヤカは、まぶたがはれるほど涙を流した。その肩を、コウジは横からそっと支えてくれていたが、瞳は乾いたままのようだ。

「ハム助は、死ぬ直前まで僕らを楽しませてくれたんだ。でも、君がずっと泣いていたら、ハム助も天国で悲しむよ」

こんなときも、コウジは冷静だ。でも、その冷静さは、決して「冷たい」ものではなく、自分を落ち着かせるための、「あたたかい」ものであることに、サヤカは気付いていた。

「ねぇ、このままだと、ハム助がかわいそう……。お庭に埋めて、見送ってあげましょう」

しかし、そんなサヤカの言葉を聞いて、コウジは眉間にかすかなシワを寄せた。コウジが表情を崩すなんて、珍しいことだ。どうしたんだろうと、サヤカは思わず、コウジの眉間を見つめた。

「庭に埋めるなんて……。そんなこと、僕には耐えられない」

「耐えられない」という感情的な言葉をコウジが口にするのは、サヤカには少し意外だった。そして、なぜ庭に埋葬することが「耐えられない」のか、サヤカにはよくわからなかったが、コウジの言葉を聞いて納得した。

「火葬してあげよう。煙になって天に昇れたら、ハム助も喜ぶと思うんだ」

最近では、ペットを火葬して、お墓に入れる人も多いという。サヤカに、それを反対する理由はなかった。

冷たくなったハム助を、コウジがタオルにくるむ。サヤカは、ペットの火葬について調べなければと、パソコンを立ち上げた。

ティッシュで涙をぬぐっていたサヤカのそばにコウジがやってきて、質問する。

「サヤカ、それはそうと、燃えるゴミの日って、何曜日だっけ？」

その声には、涙の成分はなく、クールでもなく、ドライに乾ききっていた。

（作　桃戸ハル・橘つばさ）

## ［スケッチ］ロボゴルファー

二〇××年、ある画期的なロボットが開発された。ロボットゴルファーである。

単純な身体能力を競うようなスポーツでは、その頃、すでに、ロボットは人間を超えていたが、ボールを扱うような繊細な競技では、まだ人間に分があると信じられていた。

二足歩行のそのロボゴルファーは、見た目はほぼ人間と同じ。そして人間と同じように、ゴルフクラブを操った。

その日、人間のトッププロとロボゴルファーの間で、世紀の一戦が行われることになった。

しかし、結果は、かなりの差をつけて、人間のプロゴルファーが、ロボゴルファーに勝利した。

開発者の元に戻ったロボゴルファーは、悔しがり、残念そうな表情を見せた。

開発者は言った。

「いいね、いいね、その表情。それに、大満足の結果だよ。ここで、人間に勝ってしまうと、ロボットに対する警戒心は強くなるし、開発終了となって、研究費ももらえなくなるから、人間に花をもたせる、この結果でいいんだよ」

そして、開発者は、ロボゴルファーに近づくと、ロボの脇の下に隠れるように設置されている、「接待ゴルフ」モードをオフにした。

# 心情

幼い頃の僕は、地元で「神童」ともてはやされていた。

読み書き、計算はもちろん、どんな勉強も、クラスの誰よりもできた。

性格もよいと思われていた。真面目でやさしく、友だち想い。先生の言うことをきちんと守ったし、先生に怒られたことなんて一度だってない。

家に帰れば、勉強の合間に家事を手伝った。親を困らせたこともない。

大人たちはそんな僕を見て、「ハジメ君は優秀ね。いつか大物になるわ」「文学の才能があるから、偉大な作家になるに違いない」と、期待をかけた。

両親も、僕の将来にさぞ期待していたに違いない。それがわかっているからこそ、僕は期待を裏切らないように努力した。

そして、有名中学校に好成績で入学した。

でも、僕はわかっていた。僕はそんな「神童」なんかじゃないことを。僕は臆病で、他人の顔色をうかがって、他人から嫌われないよう、振る舞っていただけ。相手が何をしてほしいかがわかるから、相手が喜ぶような振る舞いをしていただけなんだ。

勉強ができたというのも、頭がよかったわけではない。僕は人よりも少し要領がよかっただけなんだ。

僕の本当の性格はというと、だらしなく、嫉妬深く、自己中心的だった。友だち想いなんかではなく、僕の言うことを聞いてくれない人間なんて、「死んでしまえばい い」と思っていたほどだ。でも、「神童」のイメージを崩さないために、「真面目でやさしい、いい子」を演じていただけなのである。

正直、「神童」を演じるのはつらかった。でも、今さらやめるわけにもいかない。なによりも、母の期待を裏切るわけにはいかなかった。

「ハジメは、私の自慢の息子よ」

母は、ことあるごとに僕にそう言った。うれしかった。でも同時に、母の僕に対する期待と愛情を、とても重く感じた。

年齢が上がるにつれて、神童でいることに限界を感じはじめていた僕は、どうしたらよいものかと思案して、思い切った行動に出た。

「僕は文学の道に進みたい。東京に出たい」

そう言うと、両親は驚いたようだった。

しかし、今まで「才能がある」と僕に言い続けてきた両親が、今さらそれを否定することはできなかったのか、あるいは本当に僕に才能があると信じていたのか、結局、両親は僕の言葉を信じて、東京に行くことを許してくれた。

本当のことを言うと、すべて言い訳にすぎなかった。

僕はもうすでに学業についていけなくなっていたのだ。試験でいい点を取るために、カンニングをすることもあった。このままでは留年する恐れがあった。でも、「神童」が留年するわけにはいかない。そこで、「文学の道に進みたい」という聞こえのいい理由をつけて退学し、留年を回避しようとしたのである。それは、大人たちの期待から逃れるための、自分なりの解決策でもあった。

「文学の道に進みたい」は、決して嘘ではなかったが、そのための見通しはまったく立っていなかった。

東京では、作家に近づくために、出版社に就職しようとしたものの、うまくいかなかった。そもそも、学歴がないのだから当然といえば当然である。

ならば、「自分の作品集を出版して、作家として認めてもらおう」と思ったが、どこの馬の骨かもわからない人間の本を出版してくれるところなどありはしない。しかたなく、僕はお金をかき集め、ほとんど自費出版のような形で詩集を発表した。

そして、実家に出版の報告をした。両親はそれを聞いて喜んだに違いない。故郷では、僕がついに作家になったのだと、大きなニュースになったはずだ。

僕は上京するとき、婚約者を地元に残していた。生活のめどが立たなければ、結婚もできない。しかし、出版が決まったことで、結婚話はトントン拍子で進んだ。僕も、印税をあてこんで、この機会に結婚を決意した。

恩師や友人に、「挙式のために故郷に帰る」と連絡した。父が市役所に婚姻届を出してくれた。地元で盛大な結婚式が準備された。

そして、結婚式当日を迎えた――。

僕は、本が出版されれば、莫大《ばくだい》な印税が入ってくるものだと思っていた。そう思って、毎夜、飲み明かし、出版前にかなりの額のお金を浪費していた。が、恐ろしいことに、印税は雀《すずめ》の涙ほどしか入ってこなかった。考えてみれば当たり前のことである。無名の作家の本がいきなり売れるわけがないのである。考えてみればわかるが、考えたくはなかったのだ。

僕は婚礼のための資金を、まったく用意することができなかった……。

「しかたない、手ぶらで帰ろう。でも、どんな顔をして式に出ればいいのか？　神童の僕が、故郷の人々の前で、本当の姿をさらけだせるだろうか。僕はいい。でも、両親に恥をかかせることになってしまう……」

結局、僕は、多忙を理由に、自分の結婚式を欠席した。自分の結婚式をサボる。こんなクズはどこの世界にもいないだろう。いや、いる。ここにいる。僕だ。

それからの僕は、なんとか生計を立てるため、小説を売り込んだりしたが、うまくいかなかった。生活はいつも逼迫《ひっぱく》していた。たまらず、友だちに金をせびった。

「少しでいいから、貸してくれないか？」

「お前の本が売れたら、倍にして返してくれよ」

僕の苦労を知る友だちが、あるだけの金を貸してくれた。

でも、つくづく自分がクズだと思うのは、そのお金のほとんどを遊びに使ったことだ。夜の街にくりだしては、若い女性と遊ぶのに費やしてしまったのである。

僕は、自分を助けてくれた友だちをも裏切ってしまったのだ。

一方で、就職活動の結果、僕はなんとか新聞社に職を得ることができた。親には「新聞記者」になったと言ったが、実際は、新聞社で働いてはいたが、記者ではなかった。

せっかく職を得たのだから、真面目に働けばいいものを、やはり僕はクズだった。朝は起きられず、遅刻ばかりしていた。朝起きられないのは、夜遅くまで卑猥《ひわい》な本を読みふけっていたからだ。仮病で仕事を休むこともたびたびあった。故郷から遠く離れているのをいいことに、新聞記者として、そして作家としても活躍しているようなふりをしながら、実際には、たいした仕事をしているわけでもなく、実にだらしない生活を送っていたのである。

「こんな本当の姿を見たら、母さんはなんと言うか……」

そんなことを思っていた矢先、妻と母が上京してくることになった。

僕は、みすぼらしい賃貸の一室を間借りして住んでいた。母がそれを見たら、どう思うだろうか、心配した。

が、やってきた母は、予想外にも、こう言った。

「すっかり立派になって……」

そして、屈託なく微笑んだ。

妻が買い物に出て、部屋に母と二人だけになると、なんとなく気まずい空気が流れた。僕はたまらず、なぜそんなことを言ったのかわからないが、こう言った。

「母さん、おんぶしてもいい？」

「あら、急にどうしたの？　変な人ね……」

「いや、子どもの頃、おぶってもらったから、今度は、僕がおぶってみたいと思って……」

母は断るわけでもなく、むしろ嬉しそうに応じた。僕が片ヒザをつくと、母は背中に、ぽんっと乗った。ぐっとふんばって背負うと、

「……無理しなくていいのよ」

と、母は言った。

「なぁに、平気だよ」

すると、母はもう一度、小さな声で言った。

「……おんぶのことじゃないの。あなたの人生のことよ」

「…………」

「母さんの期待を、重荷に感じないで……。ハジメには、幸せになってもらいたい。でも、それは、社会的に成功してほしいということじゃないの。自分の人生を生きて、幸せになってほしいの……」

母はそれだけ言うと、僕の背中に顔をうずめ、そっと身を預けた。

母は、僕の苦しみをすべてわかっていたのだ。僕が、父母の期待を背負いこみ、重

荷に感じていたことを……。

一歩、二歩と歩を進めたけど、それ以上の歩みをとめた。僕は、母を背負ったまま、夕日が差し込む窓際に立ち尽くした。畳に落ちた黒い影は、小さな子どもを背負う姿にしか見えなかった。

長年、僕を苦しめていた重荷は、もはや消えていた。そして、心が軽くなるのを感じた。僕の目からは、とめどなく涙があふれてきた。

――ある高校の職員室。

国語教師・沢辺は困惑していた。彼が手に持っているのは、その日実施した国語の定期試験の、ある生徒の解答用紙。

自分の問題文の書き方に不備があったことがいけないのだろうか――。

［問題］

「たはむれに母を背負いて　そのあまり軽《かろ》きに泣きて　三歩あゆまず」

この短歌の、作者名と、この歌を詠んだ作者の心情を答えよ。

この問題は、沢辺自身が作ったものだったが、「心情」のほうの問いに、「何文字で答えよ」という指示を書き忘れていたのだ。

解答欄は幅二センチ×高さ二十センチほどなので、ほとんどの生徒は、その解答欄に収まるよう、長くてもせいぜい五十字程度で解答を記していた。しかし、ある一人の生徒が、解答欄をはみ出し、答案用紙の裏面まで使って長文の解答を書いてきた。それは作者の「心情」をつづったものなのだが、それが、作者の幼少期からはじまる、「小説」のような形式になっていたのである。

「問題文に不備があったとはいえ、なんだ、この解答は？　作者・石川啄木《いしかわたくぼく》（本名・石川一《はじめ》）の心情はよく書けているけど……書きすぎだ」

沢辺には、書かれた内容について、どこまで本当で、どこまで正確なのかはわからなかった。

しかし、国語教師として、常識的に知っている知識と照らすと、「よく啄木のことを知っている」と思えた。ある意味、沢辺は生徒の解答に感心した。が同時に、生徒に申し訳なく思った。

それというのも、その生徒はこの問題にかかりきりになったからか、それ以降の問題に手をつけられず、他の解答欄がすべて空白になっていたからだ。

「私には、君の解答が重荷だよ……」

沢辺は、頭を抱えた。この問題の配点は十点。沢辺は生徒に同情し、おまけで十二点をつけた。

が、しょせん、この国語のテストでの得点はその十二点のみで、落第点。残念ながら、この生徒は補習を受けることになるだろう。

（作　桃戸ハル）

## ［スケッチ］ロボットの読書

「小説を読んだ感想を、聞かせてもらえないか？」

男が、乏しい表情の若い男に言った。若い男は、特徴のない声で、淡々と話しはじめた。

「泣かせようとか、笑わせようという、意図的なことはわかるんですが、泣けませんでしたし、笑えませんでした」

男は、なるほど、という顔をした。

「そう、それがロボットの特徴なんだよ。書き手の意図はわかるが、涙とか、笑いといった、こみ上げてくる感情がないんだな。『一人前』という文字には、『人』という文字が入っているだろ？人間になりきれていないんだ。だから一人前じゃない。この現実が、キミの限界だよ」

若い男は、やはり表情を変えることなく言った。

「先生、はっきり言いますけど、この作品が面白くないのは、読み手の問題ではなく、作品自体がまったく面白くないからですよ。つまり、先生の能力の問題です」

若い男——文芸編集者の、その声には、少しだけ、嫌みを言うような響きがあった。

編集者の言葉に、怒りを沸騰させた男は、編集者の手から、原稿用紙の束を奪い取り、立ち上がって怒鳴った。

「うるさい、黙れ！　お前ら編集者は、テストでいい点を取るかもしれないが、人間の感情をもたない、ロボットだ。ロボットに、私の作品の何がわかるんだ!!」

# 非情な旅行者

その夜、私が経営するバーに、ひとりの旅行者がやってきた。彼が旅行者であることは、彼が持っている、小さいけれど年季の入ったスーツケースを見て、一目でわかった。

彼は、なまりのある英語を話すラテン系の中年男性で、珍しいデザインの大きな腕時計をしていた。

彼はカウンターに座り、バーボンを注文した。店内に、彼以外の客はいない。私が英語を話せることがわかると、彼は私を相手に、旅の思い出を語りはじめた。中央アジアや南米、アフリカなど、あまり聞いたこともない国や地域で見たものや食べたもの、人々の暮らしの様子など、なかなか興味深い話をしてくれた。

彼は時間を忘れて話しつづけた。私も夢中になって聞き入った。

気がつくと、もう外は薄明るくなりはじめていたので、私は店を閉める準備をはじめた。すると、最後に彼はこんな言葉をつぶやいた。

「俺は、世界中の国を旅してきたけど、この国の人間ほど冷たい人間はいないね」

　この国の人間ほど、冷たい人間はいないね……。

　俺が今まで旅してきたなかでも、こんな非情な国はないと思ったんだ。まったく、この国はひどい国だよ。

　昨晩、俺は繁華街を歩いて、あるレストランに入ろうと思った。すると、エントランスのすぐそばに、男がうつぶせで倒れている。

　薄汚れた服で、髪はボサボサで乱れ、体臭が漂っていた。あれは、ホームレスだったんだろうな。ホームレスは世界中の都市にいる。それ自体は驚くことではない。でも、俺が驚いたのは、その男がばったり倒れて動けずに苦しんでいるのに、誰も助けようとしないことだよ。

　通行人も、レストランに出入りする客も、そいつが目に入っているはずなのに、誰も気にもとめないんだ。

　今は冬だろ。身を切るような寒風が吹きつけ、彼の体温を奪っていたはずだ。明らかに命の危険が迫っている。早く助けてやらないと、そいつはそのまま死んでしまうだろう。

誰だってわかっていたはずだ。なのに、この国の人々は、倒れた男の存在を完全に無視しているんだよ。

愕然としたね……。

俺は、レストランに予約を入れていたので、しかたなく店に入ったよ。そこは、この国を代表する、いや、この時代を代表するような有名なレストランだったからね、前から楽しみにしていたんだ。

食事は、たしかに美味《うま》かった。サービスもよかった。でも、表で倒れている男のことを思うと、心から楽しむことはできなかったね。

おそらく、店内の他の客だって、倒れている男を横目に入店したはずなのに、楽しそうに、飲んで、食って、おしゃべりをしている。俺は少し興ざめしたよ。

それから二時間は店にいたかな……。

会計を済ませ、コートを着る。ウェイターが、おやすみ、と言ってドアを開けてくれた。俺は、そこで、さらに驚く光景を目にしたよ。

ドアの外に、まだ男は倒れていたんだ。

二時間ものあいだ、今にも死にそうな人間を、誰も助けようとしなかったんだ。信じられなかったよ。ウェイターも見て見ぬふりで、無言でドアを閉めた。

　この国は、本当に非情な国だな……。


　彼は、そう言うと、しばらく手元のグラスを見るともなく見つめていた。そして、気を取り直したように、残りのバーボンを飲み干すと、

「じゃ、おやすみ」

　と言って立ち上がり、会計を置いて出ていこうとした。

　私は、どうしても引っかかることがあった。客に対して失礼だが、それを言ってやらないと気が済まなかった。

「お客さん……」

「ん!?」

　彼は振り返った。

「この国には、たしかに、あなたの言うように、冷たいところがあるかもしれない。表面上は優しさにあふれているが、汚いものから目をそらして無視するような、偽善的な一面もあるでしょう。しかし、……そのホームレスを助けなかったあなただって、冷たいでしょう？　そんなあなたに、この国のことをとやかく言う資格があるん

ですか？」

すると、彼は一瞬、イラッとした表情を見せたが、すぐに落ち着き払った様子で、穏やかな表情になってこう言った。

「失礼した、マスター。この国の悪口を言うつもりじゃなかったんだ。私のことも、私が話したことも、そして、これから話すことも、すべて忘れてくれ。……実は、私は、旅行者は旅行者でも、タイムトラベラーでね。タイムトラベラーは、過去に干渉できないルールなんだ。私が人助けをして、本当は死ぬ運命だった人間が死ななかったら、歴史が変わってしまう可能性があるからね」

（作　桃戸ハル）

# ［スケッチ］見えない男

僕は特殊な能力を手に入れた。どうやら、僕の姿は、クラスメイトには見えないらしいのだ。

僕は、嫌いな奴らの尻を蹴飛ばしたり、コップの水を頭からかけてやったりした。

突然のことで驚いたのか、皆が騒ぎ出し、教室の中がちょっとしたパニックになった。

彼らの目には、コップが宙に浮いているように見えたに違いないから、驚くのも無理はない。

クラスでイジメのターゲットにされている男子生徒が、教室から出て行った。

誰かが叫んだ。

「もう、アイツを『空気の刑』にするの、やめない？　アイツ、『空気』にされて、ヘコむどころか、むしろ、嬉々《きき》としているように見えるんだけど？」

また、別の誰かが言った。

「そうだな。『誰にも姿が見えず、無視される』という設定を利用して、こっちが手を出せないのをいいことに、やりたい放題だよ。俺も、やっぱ抜けるわ」

# 片想《かたおも》い

朝のホームルームが始まる前、二年三組の教室で、「えぇー！」と声が上がった。生徒たちは、朝から居眠りをしたり、友人どうしで話をしたり、思い思いに過ごしながら、チャイムが鳴る前の時間を楽しんでいる。

声を上げたのは、宮野紗月の席のうしろに集まっていた女子グループだった。一人の女子が席に座っていて、それを三人の女子たちが囲んでいるという構図だ。囲まれた女子はすっかり体を小さくし、じっと机に視線を落としていた。

「どうしたの？」

紗月が声をかけると、立ったままの女子三人が苦笑まじりに振り返った。

「宮野さんも聞いてよー。つぐみったら、また告白できなかったんだってー」

つぐみというのは、みんなに取り囲まれて小さくなってイスに座っている女子だ。黒髪を肩につかない程度の長さに切りそろえ、前髪だけをピンでとめている。もともと大人しいタイプのつぐみが、友人たちに取り囲まれて縮こまり、まるで取り調べを受けているような雰囲気だ。

「告白できなかったって……前に言ってた、塾の先生？」

紗月の問いかけに、つぐみの顔が、かあっと赤くなる。前髪を上げているせいで、額まで染まっているのが丸見えだ。

つぐみが、毎週通っている塾の講師の大学生に片想い中であることは、クラスの女子の間では知られた話である。

「歳《とし》の差なんか気にするな！」

「コクっちゃえ！」

そう言って、友人たちは以前から背中を押しているのだが、かれこれ半年ほど、つぐみは告白できないままでいる。今日も、つぐみを取り囲んだ三人は、勝手なことを言いながら、つぐみに迫っていた。

「その先生に彼女がいないことは確認ずみなんでしょ？　早くしないと、ほかの誰かに先越されちゃうかもよ？」

「それは、そうかもしれないけど……」

「わかってるなら、早く言っちゃえばいいのに」

「まぁ、つぐみが緊張する気持ちもわかるけどね。しかも、初めての告白ってなると、なおさらだよねー」

「だけど、迷ってる間に彼女ができたら、悔しいじゃん！」

「初めての告白なんて、みんな経験することなんだからさ。今がそのときなんだと思って、ちょっとだけ勇気を出してみなよ、つぐみー」

「そうそう！　いい人は、みんなほっとかないよ。いいなって思ったら、行動しなきゃだよ！」

「ね、宮野さんもそう思うよね？」

紗月が口を開くより先に、「でも……」とつぐみがつぶやいた。小さな声だったのに、どこか芯のあるつぶやきだった。

「べつに、彼女になれなくても、今のままでもいいかなって、思っちゃうんだもん……。塾に行けば会えるし、話もできるし、相談にものってくれるし、なんかもう、それだけでも十分かなぁって……」

「えぇぇー？」と、最初に紗月が聞いたものより不満げな声がグループから上がる。

「その人が、いつまで塾にいるか、わかんないじゃん！」

「そうだよ！　先生が塾を辞めちゃったりしたら、二度と会えないかもしれないんだよ？」

「もったいないよー、せっかくの恋なのにぃ」

「ねっ、宮野さん！」

同意を求められ、紗月は、一拍の間をおいた。

「……そういう恋も、あるんじゃない？」

え？　という声が人数分、きれいに重なった。明らかに、紗月がそう言うとは思ってもみなかったという反応だ。

そのとき、ホームルームの開始を知らせるチャイムが鳴った。ほどなく担任が教室に入ってきて、つぐみを取り囲んでいたクラスメイトたちは、残念そうな表情で、それぞれの席に戻っていく。そのクラスメイトたちが、ついさっき自分に向けてきた驚き顔を思い出して、紗月は少し笑った。

みんな、他人の恋に対しては簡単に「告白しろ」と言うけれど、いざ自分がその状況に直面したら、本当に、そんなに簡単に告白できるんだろうかと思う。おもしろ半分で他人の恋をあおることと、恋を応援することは違うのだ。

それに、自分が「恋」に対して、常に積極的なことを言わなければいけない係に思われていることに反発する気持ちも、少しあった。たしかに、想いは伝えたほうがいいというのが紗月の考えではあるが、それにも、タイミングや順序というものがある。当然、つぐみの性格や、相手のタイプにもよるだろう。

もっとも紗月も、最初からそんなふうに考えていたわけではない。

——そういう恋も、あるんじゃない？

その言葉を口にしたとき、紗月が思い出していたのは、数年前——紗月が中学生のときに起こった出来事だった。そのとき友人に言われた言葉を、紗月は今でも、鮮明に思い出すことができる。

＊

紗月のクラスメイトである鳥海由佳《とりうみゆか》は、隣のクラスの風間淳平《かざまじゅんぺい》のことが好きだった。淳平は野球少年で、小学生のころから地元の少年野球で活躍し、中学の野球部でも一年のときから輝いていた。

淳平は、野球の技術だけでなく、まわりを引っぱっていく力もあり、何事にも文字どおり全力投球な男子だった。一生懸命やって結果が出れば全力で喜びを表現し、結果がふるわなければ、わかりやすく落ちこむ。いそがしい男の子だなというのが最初の印象だったが、落ちこんだ結果もバネにできるだけの強さがあった。その姿が、由佳には純粋に尊敬できたのだ。

「だったら、本人にそう伝えて告白すればいいじゃない」

話を聞いた紗月は、さらっと由佳にそう返した。「紗月ちゃんは、そう言うと思った」と、苦笑されたが、どうして苦笑されたのかはわからなかった。

「だって、好きなら好きって言わなきゃ伝わらないよ？　とくに男子はニブイしね。それに、悩んでる間に、ほかの女子が告白しちゃったらどうするの？　風間くん、人気者じゃん。そうなったら由佳ちゃん、絶対に後悔すると思うけどなぁ」

「そんなこと言ったって、どうやって告白すればいいのかわかんないし……それに、断られたら、もっとどうすればいいのか、わかんないもん」

似たような言葉は、これまでにも何度か聞いたことがある。だから、紗月がその答えを返すのもこれが初めてではない。

「告白は、直接するのがいいと思うよ。相手の顔も見られるし、相手に自分の本気の顔も見てもらえるから、好きって気持ちが伝わりやすいはずだよ。手紙を書くのもいいんだろうけど、『付き合ってください』って書くんじゃなくて、『話したいことがあるので、どこどこに来てください』っていうふうに書いて、呼び出したところで直接告白するのがいいと思う。手紙で告白されても、相手はどう返事をしたらいいのかわからないし、無視だってしやすくなっちゃうから。だったら、まだ電話のほうがいいかなぁ」

由佳の表情が、「納得」と「それはそうだろうけど」という感情をないまぜにしたものになっている。ある程度のアドバイスにはなっているらしいと判断して、紗月は続けた。

「あとは、告白するタイミングだね。ふだんから、それとなく好意のあることを伝えておいてから告白したほうが、成功率は上がると思う。『優しいね』とか『かっこいいね』とか、『そういうところ好きだなー』とか。あなたのことを見てますっていうアピールもできるし、相手に自分を意識させることもできるから、告白の成功率も上がるよ」

「なるほど……。イベントのときに告白するのがいいっていうのも、本当かな？」

「そうだね。体育祭とか文化祭とか、修学旅行とか。気持ちが盛り上がってるときは、いいタイミングだと思うよ。もちろん、風間くんの誕生日とか、バレンタインもいいと思う。それから、告白するなら夕方以降がいいんじゃない？　薄暗くなってくると雰囲気も出るし、人も少なくなるし。それに、夕方以降は気を許しやすいかなって。これはもう、わたしのカンだけど」

本当は、紗月が、そんなタイミングを気にしたことはない。「好きだと思ったら小細工をせず、ストレートに告白すべし」というのが紗月の持論だ。今はただ、友人が悩んでいるから、紗月が思いつける方向で「告白しやすい方法」を提示しているだけである。

「恋愛の醍醐味は、相手に想いが伝わって、受け入れてもらえた瞬間だよ。由佳ちゃんも、その気持ちを味わうべきだよ」

「うん……。ありがとう」

そう言って、少し首を横に倒した由佳が頬を赤らめ、ひかえめに笑う。その笑顔を、紗月はかわいいなと思った。こんな由佳に告白されて、イヤな気分になる男子なんているはずがない。

がんばって、と、紗月は友人に、心の中で何度もエールを送った。

それからしばらく経った。由佳からの報告は、まだない。しかし、言えるだけのことは言ったし、いくつかパターンも提示した。あとは由佳が、どの方法を選択して行動を起こすかだ。

それにもうすぐ、恋する女子の一大イベント——バレンタインデーがやってくる。文化祭でも修学旅行でも相手の誕生日でも特別感は演出できるが、やはりバレンタインデーほど、直接的なイベントはない。

一年中、いつでも告白できると思っていると、かえってズルズルと告白できなくなってしまうことが多い。しかし、バレンタインデーは一年に一日しかない、「想いを伝える日」だ。今日しかないと思えば、これまでズルズルしていたことに、ふんぎりがつくかもしれない。

そして、とうとう二月十四日がやってきた。校内には一日中そわそわとした空気が満ちていた。その日、学校で、いったいいくつの想いが成就して、いくつの想いが淡く儚《はかな》く消えてしまったのだろうか。そこまでは、さすがの紗月も思いの及ぶところではない。ただ、由佳の想いはどうなったのか、それだけは紗月の胸をそわそわとさせた。

気になって気になって仕方がなかったが、さすがにすぐに「どうだった？」と尋ねるのもデリカシーがないと思ったので、紗月は由佳が報告してくれるのを待つことにした。

しかし、バレンタインから一週間が経っても、由佳は何も言ってこなかった。あれだけアドバイスしたのに、なんの報告もない、なんてことがあるだろうか。

もしかして、告白が失敗に終わってしまって、報告できなくなっているのだろうか。仮に、万が一、由佳の告白がうまくいかなかったのだとしても、それを隠しておかれるのは、少しだけ寂しくもある。

全力で応援し、成功したときは心から祝福し、失恋したときは一緒に悲しむのが「友人」だ。そのことを、紗月は由佳に伝えたかった。

「ねえ、由佳ちゃん、風間くんには気持ち伝えたの？　この間のバレンタインで、告白したのかなって思って」

とうとう我慢できなくなって、ある日、紗月は小さな声で、由佳にそう尋ねた。心から祝福することになるのか、一緒に悲しむことになるのか、ドキドキしながら返事を待つ紗月に、由佳は「そのことなんだけど……」とつぶやいて、わずかに視線をずらした。

「告白は、しなかったの」

「えっ、なんでっ!?」

思わず声を上げてから、ここが教室だったことを思い出し、紗月はあわてて口を押さえた。それでも、感じた衝撃までが小さくなるわけではない。

「バレンタインは絶好のチャンスだよ？　もしかしたら、風間くんにチョコを渡して告白した女子だっているかもしれないじゃない。ライバルに先を越されちゃうよ？」

「うん、でも……わたしはもうしばらく、今のままでいいかなって思ったの」

意味がわからないというふうに、紗月はまばたきをした。それに対しても、由佳はひかえめに微笑むだけ。その微笑みの意味も、紗月にはわからない。

「どうして、好きになったのに告白しないの？　好きな気持ちを伝えなかったら、相手にも伝わらないよ？　そんなの、もったいないよ」

その言葉に、由佳の微笑みが少しだけ深くなる。ますますまばたきを繰り返す紗月に、今度は、由佳はにっこりと笑ってみせた。

「わたしの中では、ぜんぜん、もったいなくなんてないんだよ。『恋愛の醍醐味は、自分の想いを相手に受け入れてもらえた瞬間だ』って紗月ちゃんは言ってたけど、わたしは、片想いをしてるときのドキドキする気持ちや、そわそわする気持ちも、恋の醍醐味なんじゃないかなって思ったの。もちろん、告白がうまくいって、好きな人と付き合えることになったら、違う嬉しさを感じられるんだろうけど。でも、今はこの気持ちを、もう少し味わっていたいの」

まばたきを忘れて、紗月は目をみはった。そんな紗月を、由佳がどこかおもしろそうに見つめる。

「ストレートに気持ちを伝えられるのは、紗月ちゃんのいいところだよ。すごいなぁとも思う。だけどきっと、わたしの恋は、はじめの片想いを楽しむ恋なの。そういう恋も、あるんじゃない？　できることなら紗月ちゃんにも、この気持ちを味わってほしいくらいだよ」

＊

あのとき、そう言った由佳は、けっして皮肉っぽくはなかった。ただ、本当に今の片想いを楽しんでいるんだということがわかっただけ。だから紗月もあのとき、自分でも驚くほど素直に、そういう恋愛もあるんだなと思ったのだ。

十人いれば、十通りの恋がある。そんなことはわかっていたはずだったのに、それは「わかったつもり」だっただけで、きちんと教えてくれたのは由佳だったのかもしれない。結ばれていなくても、「恋」は「恋」なのだ。

由佳とは高校が別になり、会うこともほとんどなくなってしまった。でも、久しぶりに連絡してみようかな。ホームルーム中、担任の声をぼんやりと聞きながら、紗月は思った。

由佳は今でも、片想いを楽しんでいるのだろうか。それとも、片想いを楽しむ時期は終わったのだろうか。

いつもひかえめに笑っていた由佳だが、あのとき——「紗月ちゃんにも、この気持ちを味わってほしい」と、いつかの紗月の言葉をそっくりそのまま返してきたあと——さらに一言つけ足してきた言葉を、紗月は今でも忘れられない。由佳にしては珍しい、強気な笑顔とともに。

「それに、恋愛はタイミングかもしれないけど、『早い者勝ち』とは限らないでしょ？」

（作　橘つばさ・桃戸ハル）

## 〔スケッチ組曲〕男と女

### 賢さの証明

若い夫婦が激しく口論していた。

妻の言葉をさえぎるように、男は言った。

「いい加減に黙ったらどうなんだ！

お前より俺のほうが賢いなんてことは、これまでの暮らしでわかっているだろう!?

お前には正しい判断なんて下せないんだから、俺の言うことにしたがっていればいいんだ！」

それを聞いた妻は、あきらめたような口調で言った。

「あなたのほうが賢くて、私のほうが愚かだってことは、認めざるをえないわ」

男は、勝ち誇ったようにニヤリと笑った。

妻は、言葉を続けた。

「だって、私は、あなたみたいな男を結婚相手として選んでしまったんだし、あなたは、私を結婚相手として選んだんですものね」

物真似《ものまね》

男女の権利について話し合う、パネルディスカッションが行われていた。

参加した男性のパネリストの一人が、女性の社会進出について、小馬鹿にするような口調で言った。

「女がやっていることなんて、単なる、男の真似ごとなんだよ！」

一人の女性パネリストが聞いた。

「あなたは、それをどう思うんですか？」

「一言で言うと、馬鹿だね。いや、大馬鹿だね」

それを聞いた女性パネリストは、やさしそうに微笑むと言った。

「男性の物真似をして、それで大馬鹿に見えるなら、その物真似は成功、ということですね」

## 妻には言えない秘密

月曜日、男が会社に出社すると、同僚が近づいてきて、小さな声でささやいた。

「昨日、キミがすごい美人と腕を組んで歩いているのを見たぞ。あんな美人とキミじゃ、あまりに不釣り合いすぎて目立ってたぞ。あれ、いったい誰なんだ？」

男は、青ざめた顔で言った。

「今、言ったことを、絶対に妻に言わないって、約束できるか？」

「あぁ、約束するよ」

「実は――」

男は、あきらめたように語り出した。

「キミが昨日見た、俺と一緒にいた女性は、俺の妻なんだ。『美人』とか、『俺には不釣り合い』なんて聞いたら、すぐに天狗《てんぐ》になって、自慢話が面倒くさいから、絶対に、そんなことは妻には言わないでくれよ」

# 愛妻弁当

夫とは、愛しあって結婚した。病めるときも健やかなるときも、富めるときも貧しいときも、夫婦で支えあって生きていくことを誓って一緒になった……はずだった。子はかすがい――子どもがいれば違ったのかもしれないが、わたしたちは、結婚してからずっと夫婦二人だ。その生活が、まだ半世紀以上も続くのだと思うと、憂鬱を通り越して悲劇にさえ思えてしまう。

わたしの夫は、いわゆる「モラハラ夫」だ。モラルハラスメント――「言葉の暴力」とか「精神的虐待」などと言われることもある。夫は、ことあるごとにわたしを罵倒してきては、人間としてのプライドをズタズタに引き裂く。

床の隅にホコリがたまってるじゃないか、掃除機もマトモに使えないのか。

こっちのスーツは、クリーニングに出しておけって言っただろう。おまえ、日本語がわからないのか？　それとも、その耳は飾りなのか？

昼に牛丼食った日の夜に、ハヤシライスが食えるわけないだろう。……あぁ、悪い。おまえの料理で食えるものなんて、ほんのわずかだったよ。

朝食の横には新聞を置いておくのが基本だろう？　なんのために俺より早く起きてるんだ。それができないなら、永遠に眠っていてくれたほうがマシだよ。

本当に使えないな。たまには頭を働かせろよ。これだから主婦は。おまえは黙って俺に従ってればいいんだよ……。

わたしのことを奴隷としか――いいや、わたしに「心」があるとは想像もしていないようだから、ロボットくらいにしか思っていないのだろう。「働いている俺」は偉くて、専業主婦のおまえはクズ。それが夫の頭の中に構築されている理論なのだ。

しかも、さんざん偉ぶるクセに、夫はかなりのケチである。結婚する前から財布の紐《ひも》がかたい人間ではあったが、最近になって拍車がかかったように思う。わたしが自分のために使うお金は、一円たりとも与えられない。家のために必要なものだとしても、夫の意に添わない買い物をすると、「俺の金を盗んでいるのと同じだ」などと犯罪者扱いする。

そんなある日、夫が仕事から帰ってくるなり、「明日から弁当をつくれ」と言いだした。料理の味には文句ばかり言うクセにである。文句を言われながら弁当をつくるのは、苦痛以外の何物でもない。

なんなんだ、あの玉子焼きは……甘ったるい玉子が、おかずになるわけないだろう。唐揚げの衣がベチャベチャで吐き気がしたよ……。油で俺を殺す気か？　窃盗の犯人だと思ってたら、殺人の容疑者だったな。鮭《さけ》の骨がノドに刺さって、午後は声が出せなかった。あの取引に失敗して会社が倒産したら、お前、責任取れるのか？

それでも夫が弁当を要求するのは、少しでも食事代を浮かせるためだろう。本当にケチで、モラハラで、どうしてわたしはこんな人と一緒になってしまったのかと、自分を責めるしかなかった。


そんな夫も、会社では「いい上司」らしい。モラルハラスメントをする人間は、表向きは善人であることが多いというから、夫の場合も、きっとそれなのだろう。

「いい上司」の夫は、ある夜、数名の部下を連れて帰ってきた。わたしのことを「家内だよ」と部下に笑顔で紹介する夫の意図が、透けて見えた。わたしは夫が望むように、「主人がいつもお世話になっております」と、「よき妻」の仮面を自分の素顔だと言い聞かせて頭を下げた。

わたしは夫が連れて帰ってきた数名の部下に、手料理をふるまった。もちろん、それも夫に命令されたことだ。年寄りくさいものをつくれば、あとで小言を言われるかと思い、若い人たちが好みそうなものを何品か準備した。そのなかには、夫がさんざんに文句をつけた唐揚げもあった。

「奥さん！　この唐揚げ、めちゃくちゃウマイですね！」

そう言ってくれたのは、三十代前半に見える「ツユリ」という名の男性社員だった。女性のような響きの名前だと思ったら名字だそうで、「クリの花が落ちる」と書いて「栗花落《つゆり》」と読むのだと教わったが、とっさに漢字変換はできなかった。

とにかく、そのツユリくんはわたしのつくった唐揚げをずいぶんほめてくれて、大皿にあった量の半分以上を、一人で食べてしまった。

「本当に、おいしかったです。料理上手な奥さんで、部長がうらやましいですよ。いいなぁ、おれも結婚するなら、奥さんみたいな人がいいです」

帰りぎわにそう言って笑った顔には、左にだけ、愛嬌《あいきょう》のあるエクボが見えた。

ツユリくんたちが帰ったあとは、せきを切ったように夫の口から小言の奔流があふれ出た。しかし、そのときのわたしは、夫の言葉を、すべて意識の外に置くことができた。

「ツユリ」という、不思議できれいな響きの名をもつ男性。歳で言えば、十歳近くも違うだろう若者の存在が、暴力的な毎日のなかで、わたしの防波堤になってくれたのだった。

そのあとも、夫は何度かツユリくんを、ほかの部下たちと一緒に我が家へ連れてきた。夫としては部下たちに、自分が妻を大事にする夫であることや、その妻が健気《けなげ》に自分に尽くしていることをアピールしたかったのだろう。わかっているから、わたしもそう演じた。演じながら、ツユリくんと目が合うたびに、こっそりと胸を高鳴らせていた。

ツユリくんが我が家に来る回数が増えるにつれ、目の合う回数も増えていった。それは、たぶん自意識過剰なんかではない。視線を感じて顔を上げると、ツユリくんがあわてたように目をそらす、ということも何度かあった。夫との結婚はたしかに早かったけど、それまでにも何度か恋愛はしてきた。少なくとも、ツユリくんがわたしを見る目に「不快感」はない。むしろ、それとは真逆のものを、ほのかに感じる。

そう思い始めると、夫と一緒にいることに激しい嫌悪感を覚えるようになった。夫がわたしを愛していないように、わたしも夫を愛してはいなかった。わたしの気持ちは、もう早くから夫には向いていなかったのだ。これ以上、あの人と同じ空間にいるのも嫌だ。

ツユリくんと一緒になりたいわけではない。それでも、夫の呪縛から解放されたいと願うきっかけを、ツユリくんは与えてくれた。

わたしは、夫を殺すことにした。


夫が毎日の弁当づくりをわたしに強要していたことは、こうなると幸運だった。わたしは、毎朝、夫に渡す弁当に少しずつ毒を盛ることにした。世の中には恐ろしく便利なものがある。インターネットで探し出したその毒は、毎日少しずつ口にすると体内に蓄積され、やがて死に至るという代物だった。

しかも、死因は心筋梗塞に見え、遺体から毒の成分が検出されることもないという。わたしにとっては、まさに魔法の薬だ。

少しずつ服毒させるので、「結果」が出るまでは時間がかかるらしい。わたしは一年後くらいに結果が出るよう、ごくごく少量の毒を毎日の弁当に入れることにした。まだるっこしい話ではあるが、一年後の自由を夢に見て、わたしは夫からの「言葉の暴力」と「精神的虐待」に、ひたすら耐えた。ツユリくんの左にだけ浮かぶエクボが、わたしに夢を見させてくれた。

十ヵ月ほどが経ったころから、夫が体調不良を訴え始めた。目がかすむ、力が出ない、やたらと肩がこる、熟睡できない……。そんなグチが増え、弁当に文句を言う余裕もないらしい。「もう若くないんだから無理をしないで」などとヘンにいたわると逆鱗《げきりん》に触れる。わたしはただ無言のまま、夫の健康を気づかう「よき妻」の顔をして、体にいいと言われる食材で愛妻弁当をつくり続けた。もちろん、体にいい食材には、愛情のかわりに、夫を殺すための毒を仕込んである。

ここまでくれば、もう少し。けれど、焦ってはいけない。焦らなくても、夫はもう片足をこの世から踏み外している。完全にバランスを崩して暗闇に落ちていく瞬間は、もうすぐそこまで迫っているのだから。

愛嬌のある片エクボを思い出す。それだけで気持ちが高揚する。ただ、夫の体調がよくないせいか、最近では部下の人たちを我が家に招くこともなくなったので、それだけが少し残念だ。

――一年が経った。

今日だろうか、明日だろうかと毎日をいきいき過ごしていたわたしに、対照的なほど老け込んだ夫が、こんなことを言ってきた。

「今夜、お通夜があるから、喪服を出しておいてくれ」

「誰か亡くなったの？」

「馬鹿か。死んだから、お通夜があるんだろ」

そんな憎まれ口をたたけるのも今のうちだ。夫のお通夜を執り行う日も目の前。哀れな妻として泣く準備をしておかなければならない。

「どなたが亡くなったの？」

たいした興味もなく尋ねたわたしに、夫がちらりと三白眼を向ける。病的に黄色みがかった白目が薄気味悪くてしかたがない。

「栗花落《つゆり》だよ」

その瞬間、夫がなんと言ったのか、わたしは聞き取れなかった。

——いいや。聞き取ることを頭が拒んだのだ。

「だから、ツユリだよ。何回か、うちに来たこともあるから、おまえの足りない頭でも覚えてるだろ。体育会系の健康優良児って感じのヤツだったのに、ここ一年の間にだんだん顔色が悪くなって、こないだポックリ死んだよ」

そんな、まさか、どうして、あれだけ明るいツユリくんが、もういないなんて、あの笑顔をもう見られないなんて……。

思考が凍りついたまま沈んでいく。まるで流氷の海に放り出されたみたいだ。

はぁ……と、夫の深いため息が、氷の流れにぶつかった。

「あぁ、これで収入が減っちまうなぁ」

……収入？　ツユリくんの存在が夫の給料に、何か関係あるのだろうか。

きっと、わたしが怪訝《けげん》な表情をしていたのだろう。こちらをちらりと見て、夫は冷笑を浮かべた。冷たくて、それでいて楽しそうな笑い顔だった。

「ツユリ」は「梅雨入り」。栗の花が落ちたあとには、長い長い雨が降るのだと、たしか彼が初めて我が家に来たとき、教えてくれた。

「あいつ、独身だっただろ？　それで毎日、昼飯にカップラーメンやコンビニ飯ばっかり食ってたから、俺の弁当を売ってやってたんだよ。おまえのマズイ料理は、俺の口には合わないけど、あいつ、『ウマイです、ウマイです』って食べてたんだぜ。おまえに気があったのかもな。あー、毎日五百円で売りつけてたから、月に一万円の小遣いになったのに……まったく、惜しい部下を亡くしたよ」


（作　桃戸ハル・橘つばさ）

## ［スケッチ］呪いの壺《つぼ》

男が骨董《こっとう》屋で買ったのは、呪いの壺であった。

殺したい相手の髪の毛を入れて家に置いておくだけで、相手を呪い殺すことができる、という。

相手の見えるところに飾っておけば、効果は高いというが、見るからに禍々《まがまが》しいこの壺を、堂々と飾っておくわけにはいかない。

男は、妻の髪の毛を入れた壺を、妻の目の届かない場所にしまっておいた。

しかし、三ヵ月経っても効果は現れない。

「もし効果がでなかったら半額で引き取る」

という店主の言葉を思い出し、男は、壺を骨董屋に返品した。

今、男は、非常に複雑な思いを胸に抱いている。

リビングの最も目につくところに、あの「呪いの壺」が置かれているのだ。

昨日、妻が、この壺を置いているのを見た。

妻は、新婚当初によく見かけた幸せそうな笑顔で、鼻歌を歌いながら、呪いの壺に花を挿していた。

# 銅像

薪を背負い、歩きながら本を読む少年の像。一九二〇年代後半から一九四〇年にかけて、全国の小学校に設置された二宮《にのみや》金次郎像は、誰もが目にする存在だった。「働き者で勉強熱心」ということで知られる金次郎は、ただそれだけの人ではなく、多くの偉業を残し、若者の未来を切り開いた人物である。

富士山《ふじさん》と丹沢山のふもとから流れる酒匂川《さかわがわ》によって作られた、足柄平野。十八世紀末、現在の小田原《おだわら》市にあたるこの土地で、二宮金次郎は、裕福な農家の子として生まれた。

しかしこの土地は、しばしば洪水によって堤防が決壊し、泥水が村に流れ込んだ。そのたびに村人の田畑は被害を受け、人々の借金はかさむ一方であった。洪水を防ぐ堤防工事は死活問題であり、村民は総出でこれにあたっていた。

金次郎もわずか十二歳で大人に混じって工事に参加したり、また力仕事では一人前の働きができないため、鼻緒が切れたわらじを持ち帰って修繕するなど、自分なりに仕事を見つけては働いていた。

しかし金次郎が十四歳のとき、またしても大氾濫が起こり、二宮家は田畑を手放すことになってしまう。さらに、この時の心労がたたり、病気がちだった父が亡くなってしまった。母が幼い弟二人を抱えて荒れた土地を耕す姿を見て、金次郎は胸が締めつけられる思いであった。

金次郎は、朝は早く起きて日がくれるまで母を助けて畑仕事をし、夜は遅くまでわらじ作りなどに精を出した。

また金次郎は暮らしをたてるために、山で薪をとって、町へ売りに行くことにした。薪を運ぶ山の行き帰りには「論語」や「大学」という、中国の古い書物を繰り返し読んだ。

その姿こそ、かの有名な、「薪を背負い、歩きながら本を読む二宮金次郎像」なのである。

しかし、十六歳のときには母も亡くなり、弟二人は母の実家に、金次郎は父方の伯父に引き取られることになった。

「自分の力で暮らしができるようになったら、必ず呼び戻す。それまでのしんぼうだから」

弟に言い聞かせた金次郎は、一日でも早く再び兄弟三人で暮らしたいという思いで、懸命に働き、学んだ。

伯父の家に世話になり始めてからも、金次郎は一日の仕事の後、夜遅くまで本を読んでいた。しかし、それを伯父は、こころよく思わなかった。

「農民が学問をしてなんになる。行灯《あんどん》の油代だって、ただではないんだ。明かりを消して早く寝ろ」

そこで金次郎は、自分の力で油を手に入れることにした。油の原料である菜の花の種、「菜種」を取るために、川の土手沿いの荒れ地に一握りの種を植えたのだ。すると百日程度で、予想以上の菜種が取れた。

「これを油と取り替えて下さい」

こうして村の油屋で一文も使うことなく、金次郎はたくさんの油を手に入れたのだ。

また、ある日のこと。金次郎は田植えの終わったあぜ道に捨てられていた苗を見つけ、拾い上げた。

「もったいないなぁ」

まだ青々としていた苗を、金次郎は使われなくなった用水路わきの荒れ地に植え、時々手入れをした。すると苗はすくすくと育ち、秋には一俵もの米が取れたのだ。

こうした荒れ地に作った稲は、年貢として取り立てられることなく、自分のものにできるというのが当時の決まりであった。

「小さなことでも積み重なれば、大きな実りになる」

金次郎は、これを「積小為大《せきしょういだい》」という言葉にして、自分の行いや考え方の基本にした。

そうした努力もあって、金次郎はついに二十歳で生家を再興させ、親の代に手放した田畑を買い戻すことができた。さらに、暮らしに困った村人には無利子でお金を貸し、都合のついたときに返金してくれればよいとした。お金を借りた村人は、金次郎の厚意にこたえ、自分で利息を決めて返した。

「親を亡くした少年が、今では村でも指折りの地主になっているらしい。働き者で、しかも学問もあって、経済にも明るいらしい」

小田原藩の侍たちの間にも、金次郎の評判は届いた。これを聞いた家老の服部十郎兵衛《はっとりじゅうろべえ》は、二十六歳になった金次郎を雇い入れて屋敷に住み込ませ、子どもたちの教育係に任命した。

ここで金次郎は、地理や算術、さらには漢学などの学問を深めていくことになる。

しかし、実は金次郎を雇った服部家は、ぜいたくな暮らしが原因で、その財政は破綻寸前であった。服部家は、金次郎が財務処理能力に長《た》けていることに目をつけ、経済の立て直しを依頼した。

すると金次郎は、徹底した倹約と借金の返済で、傾きかけたこの武家の財政を、わずか四年で再建したのだ。この間に、金次郎は妻を得、子をもうけた。

この働きを知った小田原藩藩主は、分家である旗本・宇津家の領地で、荒廃している桜町の復旧を金次郎に命じた。農民ではなく、大名の家臣である小田原藩士として登用された金次郎は、その再建に全力を尽くすために田畑や家、家財道具を処分して、妻子とともに桜町へと赴任した。

最初から上手《うま》くいったわけではなかったが、金次郎の誠実な人柄がしだいに伝わり、村人は変わり始め、桜町は十年の歳月を経て見事に復興した。

金次郎の思想の根底には、人のために尽くす「徳」という考え方があった。五十六歳のとき、その功績が讃《たた》えられ幕臣に登用された金次郎は、それを機に、名前を尊徳《たかのり》と改めた。

その名は広く知られ名声は上がったが、金次郎は「(偉くなって)駕籠《かご》に乗っては、土はわからぬ」といって、自分の生活を変えることはなかった。金次郎は生涯を「人づくり」に捧げた。金次郎が再建した町村は、実に六百以上にのぼると伝えられている。

一八五六年、金次郎は七十歳でその生涯を閉じた。

「わたしに立派な墓はいらない。土《ど》まんじゅうの墓のそばに、一本の木を植えてくれれば、それで十分だ」

と言い残したと伝えられる。

金次郎は知っていた。一本の苗木がやがて大木になり、大地に強く根をはり、森となって国土を支えることを。

金次郎は知っていた。一人の若者がやがて大人となり、家族や周囲の人々、そして日本を支える人物になることを。

金次郎の死から百年も経っていない、二十世紀の半ば。日本は英米に宣戦布告し、太平洋戦争に突入した。

この時すでに日本は、国家総動員法という法律によって、すべての人や物資は、政府が運用できる体制にあった。武器や兵器の原料になりうるもの、例えば、鉄鋼、銅、亜鉛、鉛、ゴムなどはすべて軍が優先的に使用できるよう定められていたのだ。

太平洋戦争開戦から四年後、連合国軍に押され劣勢となった日本は、飛行機や船、鉄砲の弾などを作るための金属が不足するようになった。

そこで、各家庭にある鍋や釜などの金属類はもとより、お寺の鐘に至るまで、無償で差し出すよう指示が出された。

それでも金属は足りない。そして、目をつけられたのが、銅のかたまり二宮金次郎像であった。

全国にあった金次郎の像は集められ、鋳潰された。

若者の未来を願った金次郎。彼の銅像は、若者を死地に運ぶ乗り物の材料として、あるいは若者の命を奪う武器として、その姿を変えた。


（作　桃戸ハル）

## ［スケッチ］詩の解釈

国語の授業中、教師が、黒板に書かれた短歌を読み上げた。

白鳥は　哀《かな》しからずや　空の青
海のあをにも　染まずただよふ

「これは、明治時代の歌人である若山牧水が詠んだ、彼の代表的な短歌です」

すると、一人の生徒が質問した。

「どういう意味なんですか？」

「空の青色にも、海の青色にも染まらない白鳥は、なんと哀しいのだろう、という意味です。世の中に染まることのない清純な魂を、白鳥に喩《たと》えた、と解釈されています」

教師の説明に納得できなかったのか、先ほど質問した生徒が、不満そうに続けた。

「だから、その、『空の青』とか『海の青』っていうところの意味が、全然わからないんです。だって、空とか海って、全然青くないじゃないですか」

そう言って彼は、教室の窓から、外の風景を見渡す。

二一××年の日本――。

産業の発達にともなう汚染と兵器の使用により、地球の環境は一変し、空も海も、血で染められたような「赤」で覆われていた。

# タイムマシン

これは、世界が一つにまとまった、未来の話である。

科学や医療が著しく進歩した二十二世紀の世界では、病気で命を落とす人間はほとんどいなくなった。結果、出生数が横ばいであるにもかかわらず、人口は増え続ける一方。そこから予測されたのは、将来的な食糧危機である。

食糧の生産量そのものは、バイオ技術の進歩によって増大していたのだが、増え続ける人口の前には限界があったのだ。

この問題を解決するべく、世界中から著名な科学者や経済学者、社会学者など、ありとあらゆる分野の第一人者が招集された。

「このままでは、やがて食べるものがなくなって、人類は滅亡してしまいますぞ。もっとも、一回の食事の量を三分の一にまで減らせれば、それを何年かは先延ばしできるでしょうが……」

「そんなことは無理だ」

「じゃあ、かつて導入が検討された『寿命制限制』を、いよいよ導入しますか？　規定の年齢を迎えたら、強制的に人生を終了してもらう、あの制度を……」

「そんなことをすれば、倫理的にどうのこうのと騒がれるのがオチだ。それに、何歳を基準にするつもりだ!?　今や、政治家の平均年齢だって、百歳を超えているんだぞ。そんな現状で、『寿命制限制』などという法案が通るはずがない！」

「しかし、こうしている間にも食糧危機は迫っているんですよ！」

「誰か、ほかにいい案はないのか？」

「では、あの装置を使うのはどうでしょう」

一人の科学者が小さな声で言った。

「あの装置、というのは？」

「タイムマシンのことですよ。すでに、実用化できる段階まできています」

科学技術が劇的に進歩した二十二世紀においても、タイムマシンは実現していない
――表向きは、そういうことになっていた。しかし、世界政府の秘密研究機関は、すでにタイムマシンを開発し、実用化できるところまでこぎつけていたのである。

「しかし、タイムマシンを使って、どう食糧危機を解決するというんだ？」

「タイムマシンで過去に戻って、過去から、食糧となるものを採取するんです」

その意見に、議場はざわついた。

「待ってください。タイムマシンのリスクに関しては、以前、博士がご自身でおっしゃっていたじゃありませんか。『過去に戻るという行為は、たいへんなリスクをはらんでいる。たった一人の命であっても、過去の世界で生命をおびやかすことは、未来の世界を著しく改変してしまう可能性がある。まさに、時空を超えた究極のバタフライ・エフェクトが起こりかねない』と」

「そうですよ。人類の食糧危機を回避できるほどの食糧を過去から未来に持ち出すなど……」

「今、我々がいるこの世界がどうなってしまうのか、予想できませんよ」

各界の識者たちの発言に「いかにも」と科学者はうなずいた。

「だからこそ、慎重に、リスクのない方法を選ばなければなりません。わたしが目をつけたのは、『恐竜』です」

「恐竜?」と、何人かが同時に繰り返す。自分に向けられる視線を全身に感じながら、科学者は言った。

「恐竜は、およそ六千六百万年前に絶滅しました。絶滅した理由には諸説ありますが、旧メキシコ国のユカタン半島に残るクレーター跡の調査から、隕石《いんせき》が地球に衝突したことによる絶滅説が定説になっています。いずれにせよ、恐竜は絶滅する運命の種です。ならば、恐竜を狩猟するのが、もっとも未来世界への影響力が低いと言えるでしょう。もちろん、そこにリスクがないとは言いきれません。しかし、このままでは人類に未来がないということは言いきれる。あとは、決断するかどうかです」

たしかに……と、誰かが納得したようにつぶやいた。科学者の自信ありげな発言に、一筋の希望を見出《みいだ》したのだろう。それは徐々に議場に広がってゆき、科学者の意見はその場の総意として採用された。

こうして、タイムトラベルの技術を用いた、『恐竜の狩猟プロジェクト』が始まった。しかし、現段階では未来への影響がどう出るかわからないため、このプロジェクトは全世界に対して隠匿され、世界政府の一部の機関によって極秘に進められた。

かつては「地球上の覇者」と称された恐竜だったが、人類の最先端技術の前には、単なる原始的な動物にすぎなかった。人類は、巨大な恐竜たちを次々と狩猟して未来の世界に持ち帰り、食糧にした。

未来に運ばれた恐竜たちは、まさに人類の救世主となった。なにせ、とにかく巨体である。一頭の捕獲で、何万人もの食事がまかなえた。公には「遺伝子改良した新種の動物の肉」と説明されたその食材は、またたく間に大人気となった。

しかし、未来の食糧危機は深刻だった。狩っても狩っても、また次を狩らなければ、世界中の食糧危機を救うことはできない。恐竜の狩猟は、もはや、乱獲の域に達していた。

そして数年後、ついに、恐れていた事態が起こった。

「博士！　恐竜の個体数が、重度警戒レベルにまで減少しています！　このままでは、恐竜が絶滅する危険が……！」

そんなことが人々に知られれば、どんな追及を受けるかわからない。大切な食糧資源を枯渇させ、種を絶滅に追い込んだのである。プロジェクトどころか、世界政府の首脳陣たちも責任を取らされるのは避けられないだろう。科学者は頭を抱えた。

しかし、「窮すれば通ず」というのだろうか、科学者のもとに、あるひらめきが舞い降りた。

「今すぐ、緊急会議だ！　隕石の衝突によって恐竜が絶滅したという偽の事実を、過去の地球上に作るぞ！　大規模な爆発をユカタン半島で起こして、フェイクの隕石痕を作る必要がある。どういう手段を用いるべきか、専門家チームを作って考えさせるんだ。二十世紀程度の科学技術では、クレーターがフェイクであることはわからないはずだ。そこで定説を作ってしまえば、誰も疑いを抱くことなく、この二十二世紀まで定説は保たれる。いいか、失敗は許されないぞ！」

科学者の一声に、大勢のスタッフたちが「はいっ！」と声を上げるや、おのおの行動を開始した。

そして、科学者の二つ目の案は、間もなく採用されることとなる。

これは、未来に起こる、過去の話である。

（作　桃戸ハル・橘つばさ）

## ［スケッチ］透明人間、現る

若き科学者が、とうとう透明薬を発明した。飲めば身体が透明になり、解毒剤を飲めば元に戻る、という、あの透明薬である。

「この薬さえあれば、誰にも気づかれずに、銀行から大金を奪うこともできるし、どこにでも忍び込むことができる！」

科学者は、さっそく薬を服用し、研究所の外に飛び出した。

ドン！

トラックの運転手は、運転中に大きな衝撃を感じた。

「しまった！　人をはねてしまったか!?」

しかし、すぐにドアを開けて確認しても、そこには、はねられた人も動物もいなかった。

「そうだよな。こんなに見通しのよい道で、人が飛び出してくるはずも、飛び出てきて気づかないわけもないものな」

その後も、その通りでは、

「何かをひいたかもしれない」

「何か道がでこぼこしていて、ハンドルがきかない」

などという不思議な現象が起こったが、その現象は、だんだんと収まっていった。

# デートのマナー

着ていく服に、少しだけ悩んだ。今日は、久しぶりのデートだ。彼女に恥をかかせられないし、自分だって、少しでもカッコいいと思われたい。

今日は、買い物に付き合ってもらって、そのお礼に食事をごちそうする約束だった。夕食どきには少し時間が早かったので、レストランは空いていた。事前にネットで調べておいた人気のレストランだから、女の子は好きなはずだ。

「なんでも頼んでいいよ。今日、付き合ってくれたお礼だから」

僕がそう言うと、彼女は素直に「ありがとう」と言って、メニューにじっと視線を落とした。女の子は本当に食べることが好きだ。だから僕は、彼女に喜んでもらえる店を懸命に探した。久しぶりの「二人きりの食事」だ。その食事がおいしくなかったら……そして、そのせいで彼女の機嫌を損ねてしまったら……そう思うと、お店選びも手を抜けない。

彼女が注文したのは、ふわとろ玉子のオムライスだった。子どもっぽいものを注文するな、と思ったけれど、言うとまた何か言われそうなのでやめておいて、僕はハヤシライスを注文する。それから、二人で取り分ける用にサラダも注文した。

学校のことや、今度友だちと一緒に行くという遊園地のことなどを聞こうとするが、あまり詳しく話したがらない。何か隠し事をしているわけではないと思うけれど、久しぶりのデートだというのに、あまり楽しそうに見えないのが少し気になった。

そうこうしているうちに、まずサラダが運ばれてきた。瑞々《みずみず》しい野菜が、白いボウルに盛りつけられている。早速、取り皿に取り分けようとすると、「ちょっと待って！」と彼女が声を上げて、僕の動きを制止した。

「写真撮るから、ちょっと待って」

そう言うと、スマホをカメラモードにしてカシャカシャと撮影し始める。それがようやく終わったころ、オムライスとハヤシライスが運ばれてきた。

目の前に置かれたオムライスを見て「うわぁ、おいしそう！」とかわいらしい声が上がる。僕も、ハヤシライスの香りに誘われてスプーンを手にした。いただきます、と手を合わせて食べ始めようとすると、またしても「待った」がかかった。

「そっちのハヤシライスも撮るから、まだ食べないで！」

そう言いながらも彼女は、カシャッ、カシャッと、オムライスに向かって何度もスマホのカメラを向けている。角度を変えて何枚も撮影する間、彼女は真剣な表情だったけれど、こちらは、ふいに今日の疲れが出たような感覚になった。

「そんなことしてないで、食べたら？　せっかく作りたてなのに、冷めちゃうよ」

「もうちょっと。盛りつけがきれいだから」

そう言って、さらに何回かシャッターを切る。そして今度は、僕のハヤシライスにスマホが向かってきた。

もちろん、この店の料理が味だけでなく見た目も優れていることは、僕の目でもよくわかった。けれど、せっかく一緒に食事に来ているのに、と少し残念な気持ちになる。自分の目と舌で、この料理を味わってほしいのに……。

そう思っている僕に、彼女は信じられない言葉を投げてきた。

「ちょっと写りこんでいるから、もう少しうしろに下がって」

悲しいかな、僕は何も言い返すことができず、かわりにイスをうしろに引いた。いったい何枚撮ったのか、僕にはわからない。ようやく納得したのか、スマホをスプーンに持ち替えた彼女はオムライスを一口頬張ると、すぐに両目を大きくした。味には満足してもらえたらしい。

「どう？　おいしいだろ？」

そう尋ねると、コクコクと首が縦に振られる。表情も、ご機嫌な様子である。これをチャンスに、さっきの遊園地の話を聞こうと思ったときだった。

ピロン、という音がした。彼女のスマホが鳴ったのだ。その画面を見るなり、えっ、と声を上げた彼女はスプーンを手放すと、両手でスマホを操作し始めた。あまりに没頭している様子に、僕のなかに芽生えていた寂しさや切なさが、小さなイラ立ちに変わる。

——今は二人の時間なのに、スマホのほうに夢中になるなんて。

僕が呼びかけても、返ってくるのは生返事ばかり。スマホの画面から顔を上げもしない。

「ねぇ、聞いてる？」

「待ってってば。今、大事な連絡してるの」

食事をそっちのけにするくらいだから、本当に大事な連絡なのかもしれない。けれど、一緒にいる相手に対して、それはあまりにも失礼な反応じゃないだろうか。

「あのさ。友だちと一緒にいるときも、そんな感じなの？　食べもしないで、真っ先に料理の写真を撮ったり、ほかの人と連絡とったり」

「お料理の写真なんて、みんな撮るよ。それに、この連絡は大事な連絡だって言ったでしょ。友だちは、そういうこと、わかってくれるよ。――っていうか、そういうことをわかってくれるのが友だちだよ」

間接的に「わからず屋」の烙印《らくいん》を押された気がして、またムッとしてしまった。それに、僕は彼女の「友だち」なんかではない。それとも、扱いは「友だち」と同列なんだろうか。

「だって――」

せっかくのデートなのに、と、ノドまで迫り上がってきた言葉を、僕はのみこんだ。そういう言い方を、彼女は好まない。

気を取り直して、僕は表情を引き締めた。コホンとひとつ、せきばらいをして、ふたたびオムライスを食べ始めた彼女を見つめる。

「僕が言いたいのは、今は僕と二人で食事をしているんだから、僕の目を見て、僕と話をしてくれたら嬉しいなっていうことなんだけど」

「してるじゃん。食事もおいしいよ」

「そうじゃなくて……一緒に食事をしているときにスマホをいじるなんて、相手に対しても、お店に対しても失礼だってことを言いたいんだけど」

「謝ればいいの？　じゃあ、ごめん」

その声が、どこか投げやりになる。彼女のなかにも、僕自身のなかにも、とげとげしいイラ立ちが募ってゆくのがわかった。

「だけど、今のは、本当に友だちが困ってたから、早く返事をしてあげたかったの。友だちって、恋人とか家族以上に大切にしないといけない瞬間があるでしょ？　その子だって、悩んであたしに連絡してきたんだから」

「待って。『恋人以上に』ってとこ、詳しく聞きたいな」

「なに言ってるの？　そんなの、言葉の綾《あや》だよ。何を優先するべきかは、状況によって変わるってことを言ってるの！」

「じゃあ、その友だちがどんな状況なのか教えてよ」

「そんなの言えるわけないでしょ、友だちのことなんだから」

そう言ったきり彼女が黙りこみ、ピリピリとした空気が二人の間に漂う。

違う。けっして、こんな空気にしたかったわけじゃない。僕はただ、この食事の時間を楽しみたくて、少しでも彼女といろいろなことを話したいだけだ。

「わかった」

「え？」

ため息まじりの声に嫌な予感がし顔を上げると、何かを決意したようなまなざしがそこにあった。

「そんなに文句を言うなら、もう一緒にごはんなんて食べに行かない。それでいい？」

え、と思考が固まる。遅れて意味を理解した頭が、今度は、殴られたような衝撃に揺れた。

「ちょっと、どうしてそんな結論になるの？　そういうことを言ってるんじゃないって、わかるだろ？」

「ううん、もういい。あたしと一緒に食事すると、ストレスがたまるってことでしょ？　だったら一緒に出かけるのをやめればいいのよ。あたし、『失礼』なことしてるみたいだし」

「だから、一緒に食事するのが嫌とか、出かけるのが嫌とか言ってるわけじゃなくて、なんていうか、ちょっとしたアドバイスっていうか、モノのたとえっていうかさ……」

「説明したのにわかってもらえないんだもん。価値観が違うんだよ。文字どおり、親子ほど年齢が離れてるんだから、しょうがないよね。だから、これからは、パパとは一緒に食事には行きません！」

キッパリと言い放たれた瞬間、目の前が真っ暗になった。

「ハッキリ言うけど、高二にもなって、父親の買い物に付き合ったり、二人で食事したりしてあげてるのなんて、クラスであたしくらいなんだからね。ほんとは感謝されたっていいくらいだよ。それに、ママから聞いたけど、あたしと出かけること、『エミとデートする』とかって、ママに言ってたらしいじゃん。そういうの、本当に気持ち悪いから」

最後のはきっと、照れ隠しだ——と、思いたい。本気で言われていたら、しばらく立ち直れそうにない。

つんとそっぽを向いていた娘が、オムライスの最後の一口を大きく頬張る。こういう食いしんぼうなところも、子どものころから変わらず、かわいい。けれど、今それを言ったところで逆効果だということは、さすがにわかる。

「ごめん、パパが悪かったから。だから機嫌直してくれよ、エミ……」

僕の言葉に、エミが、今度は反対の方向へ、つんと鼻先を向ける。お許しは、すぐには出ないらしい。

そういえば、と、僕はひらめいた。この店に来る前、「駅前にできた洋菓子店のシユークリームがすごくおいしいんだって」とエミが言っていた。

帰りに、その洋菓子店に寄ってシュークリームを買おう。

——それにしても、さっき、「友だちって、恋人とか家族以上に大切にしないといけない瞬間がある」と言っていたが、本当にあれは、「言葉の綾」なのだろうか。まさか、恋人がいる、ということ？　よし、シュークリームにモンブランもつけて、聞いてみよう。


（作　橘つばさ・桃戸ハル）

本書は、学研から発行されている「5分後に意外な結末」シリーズの一部を、改変、再編集し、新たに書き下ろしを加えたものです。

*「スケッチ」及び「スケッチ組曲」は、すべて、桃戸ハルの編著によるものです。

*本書に収録した「オトナバー」（作　塚田浩司）は、第15回坊っちゃん文学賞ショートショート部門大賞受賞作です。

|編著者|桃戸ハル　東京都出身。あくせくと、執筆や編集にいそしむ毎日。ぢっと手を見る。生命線だけが長くてビックリ。『5秒後に意外な結末』『5分後に恋の結末』などを含む、「5分後に意外な結末」シリーズの編著や、『ざんねんな偉人伝　それでも愛すべき人々』『ざんねんな歴史人物　それでも名を残す人々』『パパラギ［児童書版］』の編集など。三度の飯より二度寝が好き。近著に『5分後に意外な結末Q　パズルにも青春にも答えはある』『5秒後に意外な結末　オイディプスの黒い真実』。
https://gakken-ep.jp/extra/5fungo/

5分後《ふんご》に意外《いがい》な結末《けつまつ》　ベスト・セレクション　白《しろ》の巻《まき》
桃戸《ももと》ハル 編・著

2020年7月15日第1刷発行
2021年6月24日第10刷発行

発行者――鈴木章一
発行所――株式会社　講談社
東京都文京区音羽2-12-21　〒112-8001
電話　出版（03）5395-3510
　　　販売（03）5395-5817
　　　業務（03）5395-3615
Printed in Japan

講談社文庫
定価はカバーに
表示してあります

KODANSHA

デザイン―菊地信義
本文データ制作―講談社デジタル製作
印刷―――豊国印刷株式会社
製本―――株式会社国宝社



ISBN978-4-06-520042-1

# 講談社文庫刊行の辞

二十一世紀の到来を目睫に望みながら、われわれはいま、人類史上かつて例を見ない巨大な転換期をむかえようとしている。

世界も、日本も、激動の予兆に対する期待とおののきを内に蔵して、未知の時代に歩み入ろうとしている。このときにあたり、創業の人野間清治の「ナショナル・エデュケイター」への志を現代に甦らせようと意図して、われわれはここに古今の文芸作品はいうまでもなく、ひろく人文・社会・自然の諸科学から東西の名著を網羅する、新しい綜合文庫の発刊を決意した。

激動の転換期はまた断絶の時代である。われわれは戦後二十五年間の出版文化のありかたへの深い反省をこめて、この断絶の時代にあえて人間的な持続を求めようとする。いたずらに浮薄な商業主義のあだ花を追い求めることなく、長期にわたって良書に生命をあたえようとつとめるところにしか、今後の出版文化の真の繁栄はあり得ないと信じるからである。

同時にわれわれはこの綜合文庫の刊行を通じて、人文・社会・自然の諸科学が、結局人間の学にほかならないことを立証しようと願っている。かつて知識とは、「汝自身を知る」ことにつきていた。現代社会の瑣末な情報の氾濫のなかから、力強い知識の源泉を掘り起し、技術文明のただなかに、生きた人間の姿を復活させること。それこそわれわれの切なる希求である。

われわれは権威に盲従せず、俗流に媚びることなく、渾然一体となって日本の「草の根」をかたちづくる若く新しい世代の人々に、心をこめてこの新しい綜合文庫をおくり届けたい。それは知識の泉であるとともに感受性のふるさとであり、もっとも有機的に組織され、社会に開かれた万人のための大学をめざしている。大方の支援と協力を衷心より切望してやまない。

一九七一年七月

野間省一

## 講談社文庫　目録

薬丸　岳　刑事の約束
薬丸　岳　Aではない君と
薬丸　岳　ガーディアン
薬丸　岳　刑事の怒り
矢野龍王　箱の中の天国と地獄
山崎ナオコーラ　論理と感性は相反しない
山崎ナオコーラ　可愛い世の中
山田芳裕　へうげもの　一服
山田芳裕　へうげもの　二服
山田芳裕　へうげもの　三服
山田芳裕　へうげもの　四服
山田芳裕　へうげもの　五服
山田芳裕　へうげもの　六服
山田芳裕　へうげもの　七服
山田芳裕　へうげもの　八服
山田芳裕　へうげもの　九服
山田芳裕　へうげもの　十服
山田芳裕　へうげもの　十一服
山田芳裕　へうげもの　十二服

矢月秀作　A《ア》C《ク》T《ト》〈警視庁特別潜入捜査班〉
矢月秀作　A《ア》C《ク》T《ト》2　告発者〈警視庁特別潜入捜査班〉
矢月秀作　A《ア》C《ク》T《ト》3　掠奪〈警視庁特別潜入捜査班〉
矢野　隆　清正を破った男
矢野　隆　我が名は秀秋
矢野　隆　戦《いくさ》始末
矢野　隆　乱
山本　弘　僕の光輝く世界
山内マリコ　かわいい結婚
山本周五郎　さ　ぶ〈山本周五郎コレクション〉
山本周五郎　白石城死守〈山本周五郎コレクション〉
山本周五郎　完全版　日本婦道記(上)(下)〈山本周五郎コレクション〉
山本周五郎　戦国武士道物語　死《し》處《しょ》〈山本周五郎コレクション〉
山本周五郎　戦国物語　信長と家康〈山本周五郎コレクション〉
山本周五郎　幕末物語　失　蝶　記〈山本周五郎コレクション〉
山本周五郎　逃亡記　時代ミステリ傑作選〈山本周五郎コレクション〉
山本周五郎　家族物語　おもかげ抄〈山本周五郎コレクション〉
山本周五郎　繁《しげ》　あ　ね〈美しい女たちの物語〉
山本周五郎　雨　あ　が　る〈映画化作品集〉

柳田理科雄　スター・ウォーズ 空想科学読本
柳田理科雄　MARVEL マーベル空想科学読本
靖子靖史　空《くう》色《しき》カンバス〈瑞《ずい》空《くう》寺《じ》凸《でこ》凹《ぼこ》縁《えん》起《ぎ》〉
安本由佳・山本理沙　不機嫌な婚活
山中伸弥・平尾誠二・惠子　友　情〈平尾誠二と山中伸弥「最後の約束」〉
夢枕　獏　大江戸釣客伝(上)(下)
唯川　恵　雨　心　中
行成　薫　ヒーローの選択
行成　薫　バイバイ・バディ
行成　薫　スパイの妻
柚月裕子　合理的にあり得ない〈上水《かみづ》流《る》涼子《りょうこ》の解明〉
吉村　昭　私の好きな悪い癖
吉村　昭　吉村昭の平家物語
吉村　昭　暁　の　旅　人
吉村　昭　新装版　白い航跡(上)(下)
吉村　昭　新装版　海も暮れきる
吉村　昭　新装版　間　宮　林　蔵
吉村　昭　新装版　赤　い　人
吉村　昭　新装版　落日の宴(上)(下)

2021年3月12日現在